地図とデータで見る

性の世界ハンドブック

Création maquette: Vianney Chupin
Conception et réalisation: Agence Twapimoa
Relecture: David Mac Dougall
Coordination éditoriale: Marie-Pierre Lajot

地図とデータで見る

性の世界ハンドブック

Atlas mondial
des sexualités
Libertés, plaisirs et interdits

ナディーヌ・カッタン
Nadine Cattan
ステファヌ・ルロワ
Stéphane Leroy
太田佐絵子 訳
Saeko Ota
地図製作＊セシル・マラン
Cécile Marin

原書房

地図とデータで見る
性の世界ハンドブック

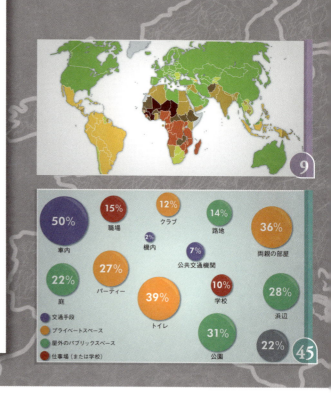

現代社会の
中心にある問題

　性の世界すなわちセクシュアリティ
（性的特質、性行動）はつねにどこにで
も存在する。話されていることのなかに
も、実際の行為のなかにも存在し、実生
活にも主観にも存在する。個人的である
と同時に集団的なもの、親密な内なるも
のでありながら外にあらわれるもの、政
治的かつ生物学的、経済的、文化的なも
のである。映画やテレビにすっかり浸透
し、雑誌のグラビアや街頭のポスターで
人々の目をひきつけている。それは性別
の違いが現代社会の基盤にあることを物
語っている。しかしながら、世界の男性
や女性のセクシュアリティの多様性やそ
の変化についてはほとんど知られていな
い。その理由はさまざまである。まず、
どの社会においてもセクシュアリティに
ついての意識が、異性愛を中心とする家
父長制モデルにもとづいた規範にいまだ
にしばられているということがあげられ
る。それが唯一のモデルであるかのよう
にみなされているのだ。次にあげられる
のは、われわれの行為や行動における性
差や性衝動という側面が、あたかもセク
シュアリティがなにかの問題をかかえて
いるかのように、医学的な説明ですまさ

れることもしばしばであるということだ。最後に、アカデミックな研究では、セクシュアリティがエキゾティックなテーマであるかのように扱われ、ジェンダー（社会的・心理的性別）やセックス（生物学的性別）による性差のある行動については、社会人口学に向けられているのと同じような関心が向けられてこなかったということも理由としてあげられる。

世界のセクシュアリティにかんする知識が欠落のある経験的なものであるのは、ほとんどこうした理由からである。性的行動の多様性やその根底にある価値観、そしてそこから生じてくるアイデンティティを推しはかり判断するすべをわれわれは知らないのか、それとも知ろうとしないのか。実際、ポスト構造主義、ポストモダンの現代社会において、セクシュアリティは逆説的にタブーのままである。とりわけそれについて正面きって語ったり、あらゆる側面を網羅したりすることはタブーとされる。それはおそらくわれわれの社会の確固たるアイデンティティの象徴、つまり「核家族」を消滅させるのではないかという危惧からだろう。

本書はセクシュアリティのさまざまな側面を俯瞰的に提示している。そうすることでセクシュアリティが複数形で理解されるべきものであることがはっきり見てとれるからだ。セクシュアリティを世界地図であらわしたのは、現代のセクシュアリティの根底にある問題や世界での実態を説明するのに、地域性というものがいかに重要であるかを示すためである。そこから、ライフスタイルの画一化について、大勢を占めているグローバル化やその影響という説を検討しなおしたいと考えている。そのために本書では現代のセクシュアリティの5つの大きな問題、すなわち法と権利、カップルとその変化、金銭、暴力、性の多様性をめぐる36のテーマにとりくんだ。それぞれのテーマでは、その現象の規模や広がりによって、またデータの入手状況によって、世界の諸地域をさまざまな尺度でとりあげている。情報を得るのは困難で、データも不十分であることから、世界のセクシュアリティを地図であらわすというのは無謀な行為に属する。多様な性的行為そのもの、さらにはそれ以前におこなわれていること、そのあとのことまですべてを論じるのはたやすいことではない。セクシュアリティは、現代社会の価値観そのものに問いかけ、それが不安定な均衡のうえに成り立っているということに気づかせるきわめてデリケートなテーマだからである。

因習的規範はどこで形成され、そして壊されているのか、性的な混在が現代社会を再構成しているのはどこかを示し、それがほかの場所ではなくなぜその場所なのかを説明することによって、本書は、避けて通ることのできない社会生活にかんする議論にこたえるための新たな判断材料を提供している。

公認された
セクシュア
リティ

　個人の行為のうちでセクシュアリティほど法
制の対象とされているものはない。世界では何
が正当な行為とされ、どのようなセクシュアリ
ティが禁忌とされているのだろうか。導入部と
なるこの章では、性的関係の枠組みが対象とし
ているおもな側面を明らかにしていく。世界の
ほとんどすべての国では、法律によって性的関
係をもつことのできる最低限の年齢や、公式の
性的パートナーの数、配偶者の性別が定められ
ている。法制は、たとえば子どもの数に上限を
もうけることによって家族の大きさの管理にも
介入してくる。避妊や中絶を禁止することによ
って、女性たちの身体の自由を法でしばること
もある。この最初の章では、セクシュアリティ
のさまざまな側面にかかわる法律を世界地図に
あらわすことで、法にそむいた一部のカテゴリ
ーの人々が犠牲になることがいかに多いかにつ
いても見ていく。

体験可能な年齢

　古くから生殖と密接に結びついていて、世界的にもっとも広くいきわたっている結合形態である結婚は、伝統的に性的関係を正当化する役割を果たしてきた。婚前交渉を禁じている国も多いが、それ以外の国々ではもう処女性や純潔は重要視されなくなっている。それよりも、初体験が成功体験となることが理想とされるようになっている。また西欧諸国では若い男女のあいだで性的行動の等質化がみられるが、女性が積極的な性的行動をとることにはまだ社会的抑制が働いている。

婚外交渉の禁止

　世界のおもな宗教のほとんどが、婚外での性的関係をもたないよう説いている。サウジアラビアやアフガニスタン、イラン、スーダン、イエメンなどの宗教国家では婚外交渉が禁じられ、違反すれば罰せられる。結婚はふたりの生活の法的、社会的枠組みを定めた制度である。結婚によって二者の永続的結合が確認され、夫婦間の性的関係を基盤とする生活共同体ができあがる。床入りが成就できないと、時代や文化によっては結婚の破棄や離婚をまねくことになる。たとえばカトリックでは、性的関係の不在が婚姻関係の解消につながる可能性がある。それ以外の文化圏でも、アフリカや一部のアラブ諸国では、婚資が支払われることによって女性に子どもを産む義務、つまり婚姻後に夫と性的関係をもつ義務が生じる。

　もっとも一般的な結合形態である結婚は、セクシュアリティがいかに社会組織の根底をなすものであるか、そしていかに法的、道徳的、宗教的、社会的な統制を受けているかを示している。

　法的に婚姻が認められている年齢は国ごとに少しずつ異なっている。ヨーロッパの大半の国は、成人年齢の18歳を結婚できる年齢としているが、両親の同意があれば16歳から婚姻を認めるとしている国がほとんどである。

データ

「世界のほとんどの国で初体験は18歳である。アイスランドでは15.5歳、アメリカでは17歳、インドでは20歳である」。デュレックス社、2005年。

世界各国の法定婚姻適齢

多くの国では両親の同意および裁判所の許可、もしくはそのいずれかがある場合等に未成年者の婚姻が認められている。

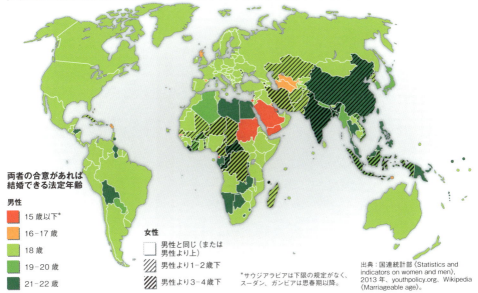

両者の合意があれば
結婚できる法定年齢

男性

- 🟥 15歳以下*
- 🟧 16-17歳
- 🟩 18歳
- 🟩 19-20歳
- 🟩 21-22歳

女性

- ☐ 男性と同じ（または男性より上）
- ⧅ 男性より1-2歳下
- ▨ 男性より3-4歳下

*サウジアラビアは下限の規定がなく、スーダン、ガンビアは思春期以降。

出典：国連統計部〈Statistics and indicators on women and men〉、2013年、youthpolicy.org、Wikipedia〈Marriageable age〉。

ヨーロッパでは法定年齢は男女とも同じである。アメリカ大陸も同じような状況にあるが、南米のいくつかの国では20歳からとされている。女性は親の同意があれば14歳か15歳で結婚できる国もある。アフリカやアジアについては、たとえばマリ、チャド、ナイジェリア、インド、インドネシア、シンガポール、マレーシアといった国々では、法的に婚姻可能な年齢が男女でかなり異なっている。世界の二大人口大国である中国とインドでは、法定婚姻適齢がもっとも高い（中国では男性22歳、女性20歳、インドでは男性21歳、女性18歳）。

初体験年齢と性的同意年齢

法定婚姻適齢はしかし性的同意年齢と同じではない。実際ほとんどの社会では、未成年者が自分の意思で成人と性的関係をもつことのできる最低限の年齢を規定している。未成年者どうしが性的関係をもつことについては、ほとんどの国で禁止されていない。各国の性的同意年齢には11歳から20歳までの幅があるが、いずれにしても11歳未満の児童と性的関係をもてば成人でも未成年者でも訴えられるということである。南米諸国では性的同意年齢が全体的に低く（13〜14歳）、アフリカの多くの国々やインドネシア諸島

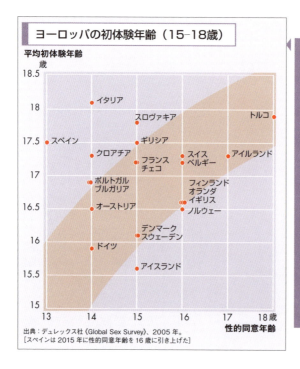

ヨーロッパの初体験年齢（15–18歳）

平均初体験年齢
歳

（縦軸）18.5／18／17.5／17／16.5／16／15.5／15

（横軸）13　14　15　16　17　18歳
性的同意年齢

- イタリア（18）
- スロヴァキア
- トルコ
- スペイン（17.5）
- ギリシア
- クロアチア
- フランス
- チェコ
- スイス
- ベルギー
- アイルランド
- ポルトガル
- ブルガリア
- フィンランド
- オランダ
- イギリス
- オーストリア
- ノルウェー
- デンマーク
- スウェーデン
- ドイツ
- アイスランド

出典：デュレックス社《Global Sex Survey》、2005年。
［スペインは2015年に性的同意年齢を16歳に引き上げた］

15歳から18歳

　結婚年齢、性的同意年齢などのように、セクシュアリティは年齢によって定められた規範の制約を受けている。このような法律とは別に、実際の初体験年齢はどうだろうか。社会通念に反して、現代の若者の初体験がますます早くなっているというわけではない。アイスランドでは15.5歳でセックスを経験するが、フランスやスペイン、スイス、ギリシアでは17歳より少しあと、イタリアでは18歳頃である。

では高い（18歳以上）。ヨーロッパや北米諸国では15〜16歳前後である。現実には、初体験の年齢はその国の法律で規定されている性的同意年齢と同じくらいである。性に開放的な北欧や西欧ではもっとも低く、平均15〜16歳である。

　こうした状況は結婚年齢の上昇と表裏一体となっている。ドイツなど多くの欧州諸国では2012年の男女の結婚年齢は30歳前後となっていて、40年前より8〜10歳高くなっている。教育期間が延びたこと、労働市場への参入が遅くなったこと、結婚への意識の変化などが、こうした動向を説明する

おもな要因としてあげられる。

結婚と両性の役割

　近年では結婚が政治的、哲学的観点から批判されるようになっている。そのおもな論点は、個人的関係が政府や宗教によって規制されることになるので、個人の権利や自由が侵害されるというものである。それ以外にも、独身者の社会的地位向上や離婚率が上昇しつづけていることなどが、結婚制度に対する批判につながっている。

　両性がよりよい平等関係を築くということも、結婚に反対する進歩的論拠

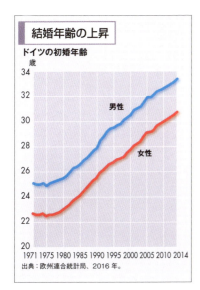

結婚年齢の上昇

ドイツの初婚年齢

歳

男性

女性

1971 1975 1980 1985 1990 1995 2000 2005 2010 2014
出典：欧州連合統計局、2016 年。

のひとつである。家父長制に根ざした因習的制度としての結婚は、女性に対する男性の「当然の」優位と権威をもたらし、いまだにジェンダーのステレオタイプを生み出している。アフリカやアジアのいくつかの国々でみられる婚資の習慣は、結婚前や結婚後に男性によって行使される権力の象徴である。

国際機関はこのような慣習を告発してきた。女性は金銭を支払った男性が手に入れることのできる商品であるという考えを助長することになるからである。女性に対する暴力の原因になるだけでなく、家族間の対立や犯罪の増加にもつながっている。不義密通にかんして女性のほうがより厳しい罰を受けるのは、家父長制が結婚に影響をおよぼしているもうひとつの例である。西欧社会では、法によって権利を認められているすべてのセクシュアリティ、とくに同性カップルに対して法的平等が認められていないことから、結婚制度への批判の声が上がっている。

強いられる児童婚

　合意された自由な結婚は世界人権宣言で認められている権利である。だが子どもの性的搾取に反対する汎アフリカフォーラムは、結婚を商業性的搾取の一形態とみなしている。児童婚によって少女が家庭内での暴力にさらされやすくなることは、あらゆる報告書によって示されている。幼い妻たちは学校教育を受けられず、しばしば家族から搾取され、共同体からも孤立し、ほかの子どもたちと接する機会もあまりもてない。ユニセフの調査によれば、生殖という概念を理解できないほど幼い者もいる。

国際規約に違反する国々

　18歳未満での結婚は数千万人もの少女にとっての現実である。児童婚の強制は、家族への財政的・社会的恩恵を期待する両親たちによって積極的におこなわれている。ざっと見てもアフリカの20か国ほどでこうしたことがおこなわれている。その多くはサハラ砂漠以南の国々であり、15歳から19歳で結婚している女子が4分の1以上を占めるほど、児童婚の割合がきわめて高い。アフリカでは、少女と年齢差の大きい相手との結婚も目立つ。こうした慣習は、東南アジア、バングラデシュ、ネパール、インドなどでも広くおこなわれている。それほど割合は高くないとはいえ、南米諸国にもみられる。

　家族が貧しい農村部で暮らしている場合、児童婚はなおさら多くなる。専門家たちは、両親が自分の娘を18歳未満で嫁がせる理由として、文化的理由（伝統を守るようコミュニティからの圧力がかかる）と経済的理由をあげている。貧しい国々では家族が借金のかたに娘を差し出すのもめずらしいことではない。児童婚を減少させようとする国際機関の強い働きかけがないかぎり、今後10年間、毎日2万5000人の少女が18歳未満で結婚させられることになるとみられている。

データ

「世界では5000万人以上の少女が18歳未満で結婚させられている」。ユニセフ、2005年。

18歳未満で結婚する少女たち

都市部

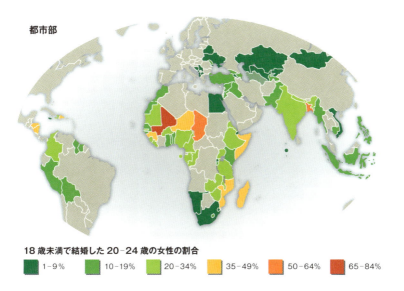

18 歳未満で結婚した 20 - 24 歳の女性の割合

1 - 9%　　10 - 19%　　20 - 34%　　35 - 49%　　50 - 64%　　65 - 84%

農村部

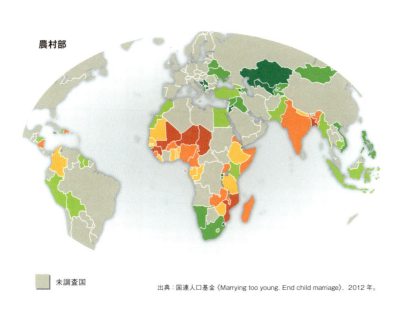

未調査国

出典：国連人口基金〈Marrying too young. End child marriage〉、2012 年。

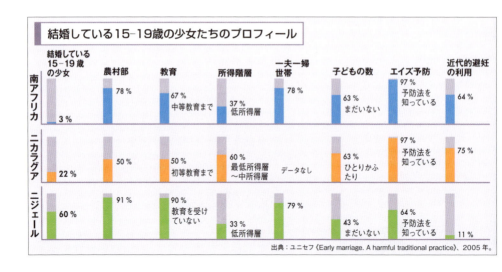

結婚している15-19歳の少女たちのプロフィール

出典：ユニセフ〈Early marriage. A harmful traditional practice〉、2005年。

「子どもの花嫁」たちのプロフィール

ユニセフによってこうした「子どもの花嫁」たちのプロフィールがわかってきている。調査がおこなわれたアフリカでは、全体的に見て、結婚している15〜19歳の少女たちは農村部に住んでいることが多く、その国のなかでももっとも貧しい世帯に属している。すくなくともひとりかふたりの子どもをすでに生んでいて、ほとんどの場合、夫のほうが年上である。とくにサハラ砂漠以南では、夫が15歳以上年上というケースが25%もある。南米の「子どもの花嫁」たちはどちらかといえば都市部に住んでいることが多く、夫との年齢差もそれほど大きくはない。

この慣習をいかに改善するか

数年前からこの慣習と戦っているユニセフは、2012年にはじめて「国際ガールズ・デー」を制定した。こうした基本的人権の侵害に反対する活動の必要性に世界の関心を向けてもらい、世界の児童婚を根絶するためである。教育を受けた女性にはあきらかに早期婚が少ないという分析結果が出ている。インド、ニジェール、セネガル、ブルキナファソ、バングラデシュなどいくつかの国々では進歩がみられるものの、その歩みは遅い。教育は児童婚の慣習を根絶するための重要な対策であるが、もっともめざましい進歩が得られるのは、いくつかの行動が重なった結果であることが経験によって示されている。児童婚を禁じる法律を制定し、ガールズクラブ［女子を対象にした啓発のため

年上の夫たち

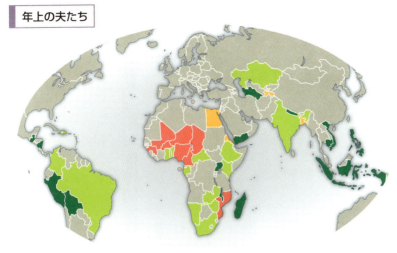

出典：ユニセフ〈Early marriage. A harmful traditional practice〉、2005 年。

のクラブ］を設立してこの問題にかんする対話をおこない、女子教育を進めることが必要である。民族的・宗教的マイノリティ（社会的少数者）のコミュニティにターゲットをしぼることも、対策の成功につながる。なぜなら児童婚を強いられる割合がもっとも高いのは、こうしたマイノリティのコミュニティだからである。

15-19 歳で結婚している少女と夫との年齢差

- 🟩 **年齢差が小さい**夫の割合が高い
  （40%以上が 0-4 歳年上）
- 🟩 夫との**年齢差が平均的**
  （20-40%が 0-4 歳年上）
- 🟧 夫との**年齢差が平均的**
  （15%以下が 0-4 歳年上）
- 🟥 **年齢差が大きい**夫の割合が高い
  （20%が 15 歳以上年上）
- ⬜ 調査対象外

一夫多妻制——
男性優位のあらわれ

　モノガミー（単婚＝一夫一婦）の反対語であるポリガミー（複婚）は、ある人物が合法的に複数の配偶者を同時にもっていることをいう。実際には、複数の配偶者をもつのはもっぱら男性のほうである。世界のほとんどの国では、女性が複数の夫をもつ権利はない。つまりポリガミーという言葉は一夫多妻制をさすものであって、けっして一妻多夫制のことではない。とはいえ一妻多夫制は古代から多くの社会でみられたものであり、アマゾンやアフリカの森林地帯に住む部族のあいだでも続いていた。現在ブータンでは合法とされているが、ほとんどおこなわれていない。

一夫多妻制はどこでおこなわれているか

　一夫多妻制の慣習は、北アフリカや中央アフリカ、アジア、中東、インドネシアなど50か国近くでおこなわれ、公式に認められていることもしばしばである。こうした国々のほとんどはイスラム教国だが、アフリカなどのいくつかの国ではキリスト教とアニミズムが入り混じっている。アラブ・イスラム教諸国でも状況はさまざまである。たとえばチュニジアではこうした慣習はすっかりすたれている。エジプトやヨルダンでは、ふたり以上の妻がいる男性は10パーセント以下と見積もられている。シリアでは、複数の妻をもとうとする男性はじゅうぶんな財力があることを証明しなければならない。

男性が複数の妻をもってもよいというのは、つねに宗教書によって正当化されていることである。

　だが宗教だけでは、一夫多妻制の慣習を説明するのにじゅうぶんではない。たとえばレバノンでは、宗教的権威によってのみ結婚が公式に認められるのだが、法的にふたつの状況が生じている。つまりイスラム教では一夫多妻制が認められるが、キリスト教では禁じ

データ

「世界の47か国でポリガミーが認められている」。Social institutions and Gender Index（社会制度とジェンダー指標）、2014年、OECD。

一夫多妻制が合法の国

一夫多妻制が合法の国

■ 国民すべて

■ イスラム教徒のみ

‖ イスラム教が主流の国

出典：〈Social institutions & Gender Index 2014〉, OECD Development Center.

られているのである。しかし実際の状況を見ると、現実はこれほど二元的ではない。現実を理解するには、宗教的要素と人々の社会的特徴を重ねあわせる必要がある。実際のところ、首都ベイルートに住むイスラム教徒たちは裕福で教養があり、妻もひとりだけということが多い。一方、国内のふたつの大都市トリポリとサイダの貧民街では、一夫多妻制の慣習がおこなわれている。

フランスではどうか

　西欧諸国では一夫多妻婚は認められておらず、刑法で罰せられる犯罪とされていることが多い。とはいえヨーロッパでは多くの国々でおこなわれているのである。タブーとなっているので公的機関が実際に統計をとることはなく、黙認するしかないため実態ははっきりしていない。フランスでは２万世帯が一夫多妻婚とみられており、1993年に一夫多妻婚の移民受け入れが禁じられたにもかかわらず、近年になって一夫多妻婚世帯の数が大幅に増

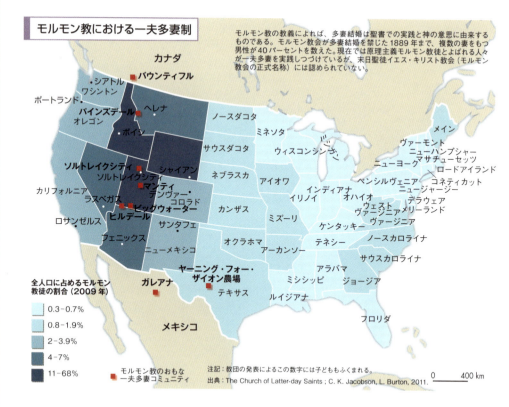

モルモン教における一夫多妻制

モルモン教の教義によれば、多妻結婚は聖書での実践と神の意思に由来するものである。モルモン教会が多妻結婚を禁じた1889年まで、複数の妻をもつ男性が40パーセントを数えた。現在では原理主義モルモン教徒とよばれる人々が一夫多妻を実践しつづけているが、末日聖徒イエス・キリスト教会（モルモン教会の正式名称）には認められていない。

カナダ

シアトル
ワシントン
ポートランド
バウンティフル
バインズデール
ヘレナ
オレゴン
ボイソ
ノースダコタ
ミネソタ
メイン
ヴァーモント
ニューハンプシャー
マサチューセッツ
ニューヨーク
ロードアイランド
コネティカット
ペンシルヴェニア
ニュージャージー
デラウェア
メリーランド
ヴァージニア
ノースカロライナ
サウスカロライナ
ウィスコンシン
サウスダコタ
ソルトレイクシティ
シャイアン
ソルトレイクシティ
ネブラスカ
アイオワ
インディアナ
イリノイ
オハイオ
ウェスト
ヴァージニア
カリフォルニア
マンティ
デンヴァー
コロラド
カンザス
ミズーリ
ケンタッキー
テネシー
ラスベガス
ビッグウォーター
ヒルデール
ロサンゼルス
サンタフェ
フェニックス
ニューメキシコ
オクラホマ
アーカンソー
アラバマ
ミシシッピ
ジョージア
ヤーニング・フォー・
ザイオン農場
ガレアナ
テキサス
ルイジアナ
フロリダ
メキシコ

全人口に占めるモルモン教徒の割合（2009年）

| 0.3−0.7% |
| 0.8−1.9% |
| 2−3.9% |
| 4−7% |
| 11−68% |

モルモン教のおもな一夫多妻コミュニティ

注記：教団の発表によるこの数字には子どもふくまれる。
出典：The Church of Latter-day Saints ; C. K. Jacobson, L. Burton, 2011.

0   400 km

加している。一夫多妻婚はとくにサハラ砂漠以南出身の移民たちに多い。

　西欧社会では、一夫多妻制は男女平等の原則をあやうくするものである。一夫多妻婚世帯の女性たちは政略的な強制婚の犠牲者であることが多く、プライバシーを守る基本的権利を奪われ、ほかの妻たちと同居している。

　フランスをはじめほとんどのヨーロッパ諸国では、一夫多妻婚世帯にかんする情報が不足しているため、ときとしてきわめて厳しい状況にある女性たちを支援する機会が奪われている。

ポリアモリーとポリフィデリティ

　ポリアモリー［合意にもとづき多重的な交際、性愛をもつ関係性］とポリフィデリティ［決まったグループ内での複数人とのみ交際、性愛をもつ］も、現代社会の基礎である一夫一婦制をあやうくするライフスタイルである。とはいえこのような性愛関係の形はいかなる場合にもポリガミーと比較されうるものではなく、不貞とも区別される。

　ポリアモリーとポリフィデリティは1990年代にあらわれた言葉で、同時に複数のパートナーとの恋愛関係を結

ぶことをすすめるものである。もうひとりのパートナーを排除するのではなく、愛を独占することなく共有するという原則にのっとってそこにくわえるのである。ポリアモリーの関係は、愛情関係にもとづくものであり、すべてのパートナーに対して敬意と誠実を誓

う。このような愛の実践は男女の平等をもたらす。なぜならお互いを占有しない自由主義にもとづいた自由な関係が認められているからである。それは愛情と性愛を自由に享受するための新たな恋愛規範と考えることもできるかもしれない。

境界線としての
ホモセクシュアリティ

いくつかの国々で同性カップルを認める法制化が進んでいるのは、ホモセクシュアリティが罪とはみなされなくなってきていることの証明である。とはいえほとんどの国では、多くのホモセクシュアルたちが困難な立場にあることに変わりはなく、個人や集団による同性愛者への嫌悪感がなくなったわけでもない。

世界のホモフォビア

今日ではホモセクシュアリティが広く受け入れられるようになったというのが常識となっているが、この常識には留保が必要である。西欧諸国がそうであるように、ホモセクシュアリティが目につくようになればなるほど、ホモフォビア（同性愛者嫌悪）も目立つようになる。ホモフォビアという言葉がフランス語にあらわれたのは1977年になってからのことだが、それ以前からホモフォビアは存在していたと考えられる。しかもいまではインターネット上のバーチャル空間が利用されて、しばしば匿名でホモフォビアの表明がなされ広められている。ホモセクシュアルへの嫌悪はまず言葉による暴力となってあらわれる。レズビアンへの嫌悪も存在するが、そもそも女性の同性愛は集合意識のなかで男性の同性愛と同じ社会的地位をもってはいない。あ

るアメリカ人男子中学生は毎日平均して26回ホモフォビアからののしられている。こうした嫌悪は身体への攻撃にもつながる。そのため、いまもなお多くのホモセクシュアルたちが、公共空間でも私的空間でも人目を避けることを余儀なくされ、二重生活を送らなければならないこともしばしばである。同性どうしの性的関係が禁じられている国々ではなおさらである。

データ
「アメリカでは青少年の自殺未遂の30パーセントがゲイによるものである」。アメリカ合衆国保健福祉省、2010年。

世界の同性愛にかんする法制

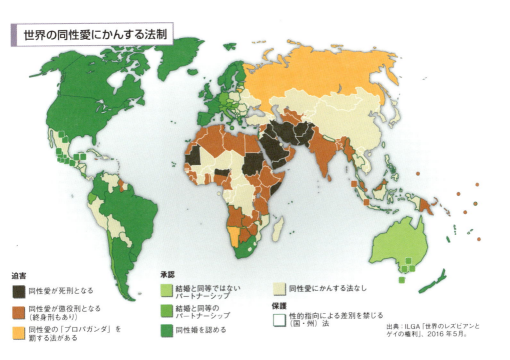

迫害

■ 同性愛が死刑となる

■ 同性愛が懲役刑となる（終身刑もあり）

■ 同性愛の「プロパガンダ」を罰する法がある

承認

■ 結婚と同等ではないパートナーシップ

■ 結婚と同等のパートナーシップ

■ 同性婚を認める

■ 同性愛にかんする法なし

保護

□ 性的指向による差別を禁じる（国・州）法

出典：ILGA「世界のレズビアンとゲイの権利」、2016年5月。

いまだに抑圧されているホモセクシュアリティ

　同性愛を法律で禁じている国はおよそ80か国もある。イランやサウジアラビアなど一部のイスラム教国では、同性愛は死刑に処せられる。そしてとくに法律で禁じられていない場合でも、もっと漠然とした規定（公衆道徳に対する侵害、強制わいせつ罪、道徳に反する行為など）を口実に「ふしだらな者」に対する訴迫がなされる。インドでは、「自然の摂理に反する性的行為」はむち打ち刑および終身刑に処せられる。アジアやアフリカの多くの国々では、同性愛が自国の文化とは相いれな

いものと考えられている。白人たちが広めた退廃的なライフスタイルがもたらした伝染性の悪習とみなされているのである。

　同性愛を新植民地主義の到来とみなすのは現実離れした空想だ。欧米では全体的にみて同性愛が重罪とされることはなくなってきているが、とくに東欧では性的「少数者」への差別が続いている国もある。たとえばポーランド人の88パーセントは、同性愛を「道徳に反する」行為と考えている。一般的に、同性愛者が受ける抑圧と、民主化の度合や宗教による影響力とのあいだには相関関係がある。さらに一部の国々では、同性愛への憎悪や非難が、

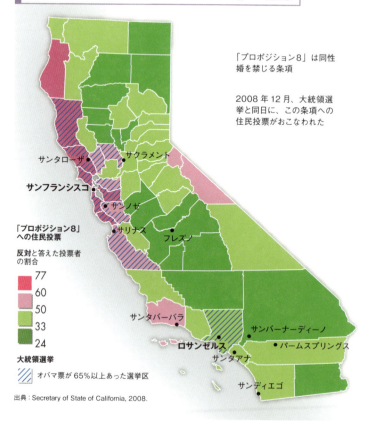

カリフォルニア州での「プロポジション8」への投票

「プロポジション8」は同性婚を禁じる条項

2008年12月、大統領選挙と同日に、この条項への住民投票がおこなわれた

サンタローザ
サクラメント
サンフランシスコ
サンノゼ
サリナス
フレズノ

「プロポジション8」
への住民投票

反対と答えた投票者
の割合

77
60
50
33
24

大統領選挙

オバマ票が65%以上あった選挙区

サンタバーバラ
サンバーナーディーノ
ロサンゼルス
パームスプリングス
サンタアナ
サンディエゴ

出典：Secretary of State of California, 2008.

蔓延する貧困によって生じる欲求不満のはけ口ともなっている。ジンバブエをはじめアフリカの多くの国々では、指導者たちが同性愛への反発を政治の道具として利用しているのである。

┃ 境界線の拡大

多くの国では同性愛者の権利が大幅に拡大している。北欧はその草分けとしての役割を果たしている。たとえば

デンマークでは、1930年から同性愛が処罰の対象ではなくなっていたが、1989年には同性どうしのパートナーシップを認めた世界で最初の国となった。現在およそ20か国で同性間のパートナーシップが認められている。法律が可決されている国もあればそうでない国もあり、出産への医学的支援が得られる国もあればそうでない国もある。南アフリカやアルゼンチンなどは進歩的だが、イタリアなどは法の改正

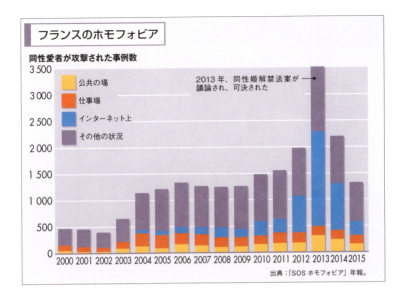

フランスのホモフォビア

同性愛者が攻撃された事例数

凡例:
- 公共の場
- 仕事場
- インターネット上
- その他の状況

2013年、同性婚解禁法案が議論され、可決された

出典:「SOSホモフォビア」年報。

をこばんでいて、従来の先進国と途上国という立場に反転が生じている。

　しかし表向きには先進的な国でも、同性愛嫌悪を法律で禁じるのは困難であり、いまだに文化的・教育的課題であることに変わりはない。南アフリカでは同性婚が認められているにもかかわらず、タウンシップ（旧黒人居住区）ではレズビアンに対する懲罰的性暴力が横行している。欧米でも地域的・社会的に同性愛者たちが目立つところとそうでないところがあるが、たいていの場合、たとえばサンフランシスコ市などのような大都市に集中している。サンフランシスコ市では2004年に、月4000組もの同性カップルの結婚が市長によって認められている。

産まないセクシュアリティ
——避妊

　出産能力を計画的にコントロールする避妊は政権の重要な課題である。20世紀はじめから、国民あるいは国民の一部のカテゴリーの人口を制限したいと考える多くの国で、産児制限の政策がとられている。逆に出産を奨励する政策をとっている国もある。欧米諸国では1960年代以降、避妊のイメージが性解放運動や女性解放運動、技術や科学の進歩と結びつけられてきた。発展途上国の貧しい女性たちは、避妊についてきわめて不平等な状況にある。

人口と政権

　古代のおもな文明はいずれも、人口過剰にならないよう出産を制限する政策をとっていた。世界最古の男性用避妊具はパピルスで作られた古代エジプ

トのものとされ、世界最古の体内避妊具は卵形の石で作られたメソポタミアのものとされる。産児制限の代表的理論であるマルサス人口論は、人口が食糧増加を超えて増える傾向にあるという考えにもとづいている。今日ではエ

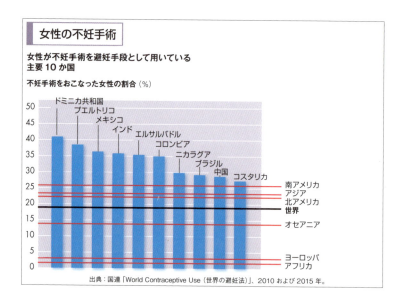

女性の不妊手術

女性が不妊手術を避妊手段として用いている主要10か国

不妊手術をおこなった女性の割合（%）

ドミニカ共和国
プエルトリコ
メキシコ
インド
エルサルバドル
コロンビア
ニカラグア
ブラジル
中国
コスタリカ

南アメリカ
アジア
北アメリカ
世界
オセアニア
ヨーロッパ
アフリカ

出典：国連「World Contraceptive Use（世界の避妊法）」、2010 および 2015 年。

データ
「ルワンダ、イエメン、ハイチ、ウガンダではすくなくとも38パーセントの女性が避妊手段をもっていない」。グットマッハー研究所、2009年。

コロジーの観点から、人口増が環境に悪影響をおよぼすという問題もクローズアップされている。避妊の歴史のなかでもっとも悲惨なのは、強制的におこなわれた断種である。

20世紀はじめにはアメリカや日本で、犯罪者や娼婦、病人など一部の人々に対する不妊手術が強制されていた。こうした優生学的政策は20世紀をとおしてさまざまな国でおこなわれていた。たとえばスウェーデンでは1930年から1970年までで6万人以上の女性が不妊手術を受けさせられている。ドイツでは第2次世界大戦中に40万人近くの女性が、ペルーでは1990～1991年に30万人のインディオ女性が不妊手術の対象となった。中国ではチベット女性に不妊手術が強制された。今日ではこうした行為は人道に

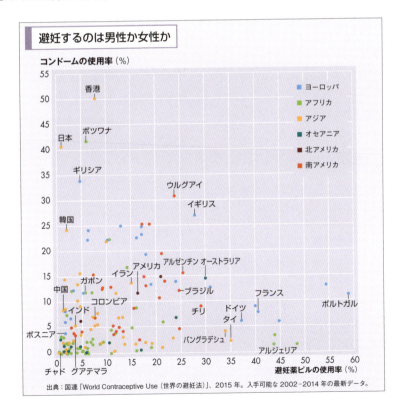

避妊するのは男性か女性か

コンドームの使用率（％）

出典：国連「World Contraceptive Use（世界の避妊法）」、2015年。入手可能な2002–2014年の最新データ。

世界の避妊にかんする格差

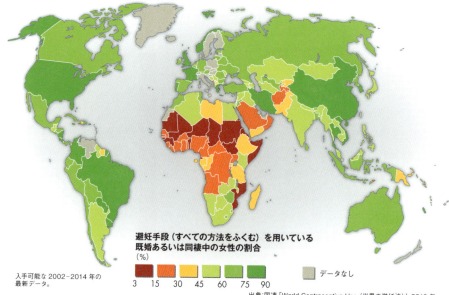

避妊手段（すべての方法をふくむ）を用いている
既婚あるいは同棲中の女性の割合
（％）

入手可能な 2002-2014 年の
最新データ。

3　15　30　45　60　75　90　　□ データなし

出典：国連「World Contraceptive Use（世界の避妊法）」、2010 年。

対する罪とみなされているが、なくなったわけではない。最近でもケニアやナミビアなどアフリカ諸国では、エイズに感染した女性たちに同意なしで不妊手術がほどこされている。

自分の体をコントロールする

　1970 年代に起こった欧米の性革命は避妊の概念を変えた。避妊は出産能力を制御し、性行為と出産を切り離すことのできる権利となったのである。とりわけ女性の性解放と男女平等が叫ばれるようになったが、こうした生活習慣の変化は、20 世紀後半にピルやラテックス製コンドームが発明されるという科学的発展にともなって起こっ

たものだ。こうして避妊は、受精をさけるために一時的にとられる手段となった。欧米諸国では、避妊が普及したおかげで、子どもがほしい女性や夫婦が子どもをもつ時期を選べるようになった。それにともなって女性の社会進出も進んでいる。

世界の避妊にかんする格差

　現在ではどこの国でも避妊手段がとられるようになっている。とはいえ家族計画の需要は多くの国でまだ満たされていない。2009 年には世界の 15 歳から 49 歳までの女性の 63 パーセント近く、つまり 7 億 5600 万人が避妊手段を用いていた。先進国では 72 パー

セント以上の女性が近代的な避妊法を用いているが、途上国では61パーセントである。しかしそこにも大きな格差が存在する。アフリカでは避妊手段を用いている女性の割合は29パーセントでしかなく、家族計画にかんする情報に接する機会も、避妊手段もかぎられている。子どもを望まない、あるいは計画的な出産をしたいと考える女性たちのニーズは、その22パーセント以上が満たされていない。サハラ砂漠以南のアフリカでは、女性の4人にひとりは近代的な避妊法を知らず、伝統的な避妊手段に頼ることもできずにいる。アジア（とくにインドと中国）やラテンアメリカ（とくにドミニカ共和国、メキシコ、コロンビア）の多くの国では、女性の不妊手術がおこなわれている。恵まれた避妊法がどうであれ、世界のどこの地域であれ、自発的であろうとなかろうと、計画的な出産のための手段を用いなければならないのはたいていの場合、つねに女性である。

産まないセクシュアリティ ——各国の中絶事情

アイスランドは1934年にヨーロッパではじめて人工妊娠中絶を合法化した国である。その後スウェーデンとフィンランドでも合法化された。1950年以降は中欧や東欧でもしだいに中絶が合法化されてきている。20世紀後半になると、ほとんどの先進国で女性が中絶をおこなう権利が保証されるようになったが、いくつかの制約がもうけられていることが多い。多くの発展途上国では中絶が禁じられているため、きわめて不衛生で危険な違法行為がおこなわれている。

二極化した世界

現在では世界人口の60パーセント以上が、中絶を合法とする国に住んでいる。女性の健康への配慮や、女性の経済状態、年齢、結婚しているかどうかといった社会経済的理由によって制約がもうけられている場合もある。その反対に、世界人口の26パーセント近くは、中絶が禁じられている国に住んでいる。その多くは発展途上国である。中国とインドという二大途上国は中絶を合法としているので別にすると、途上国では10人中8人の女性が中絶が困難あるいは不可能な国に住んでいる。

ここ15年間のうちに、カンボジア、コロンビア、エチオピア、ネパールなど多くの途上国で中絶の規制が緩和された。しかしエルサルバドル、ニカラグアのほか、欧州のポーランドでは逆に法規制が強化されている。世界のほとんどの国では中絶する権利が女性の基本的権利の一部とはみなされていないため、激しい抗議が起こって権利が見なおされる可能性もある。とはいえ規制が厳しい場合、不衛生な状態での違法な中絶がおこなわれて女性が危険にさらされるということが、多くの調査で明らかになっている。

データ

「世界では2000万件の中絶が危険な状況でおこなわれ、毎年7万人近い女性が命を落としている」。グットマッハー研究所、2009年。

各国の中絶する権利

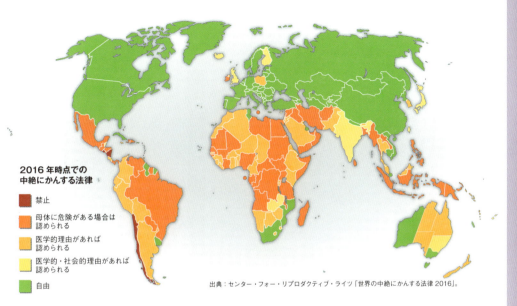

**2016年時点での
中絶にかんする法律**

■ 禁止

■ 母体に危険がある場合は
認められる

■ 医学的理由があれば
認められる

■ 医学的・社会的理由があれば
認められる

■ 自由

出典：センター・フォー・リプロダクティブ・ライツ「世界の中絶にかんする法律2016」。

「センター・フォー・リプロダクティブ・ライツ（性と生殖にかんする権利センター）」によると、2008年に世界でおこなわれた人工妊娠中絶は4400万件（1995年には4600万件）と見積もられている。そのうち2200万件はほとんど発展途上国にかかわるもので、危険な状況で違法におこなわれたものである。件数の減少は、望まない妊娠が1995年の65パーセントから2008年の55パーセントへと大幅に減少したことで説明がつく。発展途上国での減少がより大きいのは、避妊手段の使用が1990年の54パーセントから2008年の63パーセントへと増えたことによるものだ。

因習と男女児の選別

ある理由でたびたびおこなわれる中絶は、性比に大きな不均衡をもたらしている。性比とは女性数に対する男性数の比率である。2010年の国連統計によると、世界では女性100に対し男性103である。インド、中国、韓国、バングラデシュ、パキスタンをはじめとするアジアの国々では性比が110以上であり、インドの一部の州や中国の一部の省では120以上となっている。

その結果困った問題が起きている。インドでは現在5000万人も女性の数が足りないといわれているのだ。インドのある地域の男性たちは、花嫁を見

インドとベトナムでは0-6歳の女児が少ない

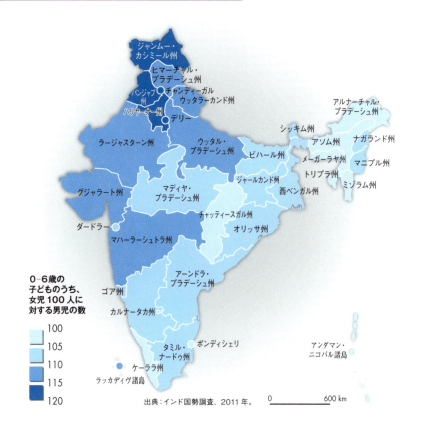

ジャンムー・カシミール州
ヒマーチャル・プラデーシュ州
チャンディーガル
パンジャブ州
ウッタラーカンド州
ハリヤーナー州
デリー
アルナーチャル・プラデーシュ州
ラージャスターン州
ウッタル・プラデーシュ州
シッキム州
アソム州
ナガランド州
ビハール州
メーガーラヤ州
マニプル州
トリプラ州
グジャラート州
マディヤ・プラデーシュ州
ジャールカンド州
西ベンガル州
ミゾラム州
ダードラー
チャッティースガル州
マハーラーシュトラ州
オリッサ州
アーンドラ・プラデーシュ州
ゴア州
カルナータカ州
タミル・ナードゥ州
ポンディシェリ
アンダマン・ニコバル諸島
ケーララ州
ラッカディヴ諸島

0-6歳の子どものうち、女児100人に対する男児の数

100
105
110
115
120

出典：インド国勢調査、2011年。

0 _____ 600 km

つけるために何百キロメートルも探しまわらなければならない。しかし女児を中絶するという傾向は弱まるどころかよりいっそう深刻化している。超音波検査で判別して中絶するというやり方で男女の生み分けが容易になったことにくわえ、嬰児殺しや女児に対する養育放棄などもおこなわれている。

胎児の性別判定を禁止したり選択的中絶を禁止したりする抑圧的政策では、こうした行きすぎに歯止めをかけることができなかった。現在、インドの一部の州（アーンドラ・プラデーシュ州、タミル・ナードゥ州）では、女の子をもつ両親に奨励金をあたえるなどの対策をとっており、男女比の不均衡がもっとも少ない地域となっている。しかし闘いはまだこれからだ。最近の調査で、イギリスに移住したインド人コミュティのあいだで選択的中絶がおこなわれていることが明らかになった。アジア以外でははじめてのケースである。

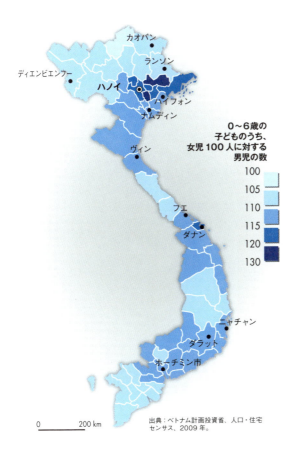

カオバン
ランソン
ディエンビエンフー
ハノイ
ハイフォン
ナムディン
ヴィン

0〜6歳の
子どものうち、
女児100人に対する
男児の数

	100
	105
	110
	115
	120
	130

フエ
ダナン
ニャチャン
ダラット
ホーチミン市

0　　　200 km

出典：ベトナム計画投資省、人口・住宅
センサス、2009年。

男子を望む傾向

　インドでは伝統を守るためというのが大きな理由となっている。男子は家を継いで祖先の霊をまつり、結婚すれば花嫁側から持参金も得られる。農村地域では社会的圧力もあって女性が働きに出ることができない。

　ベトナムでは社会経済的な地位が大きな要因となっている。世帯ごとの子どもの数の制限や、近代的技術が容易に利用できることも理由としてあげられる。子どもは少なくてよいと考える富裕層は、ますます胎児の性別選択をおこなうようになっている。地域による違いや、宗教による影響はほとんどみられない。

産まないセクシュアリティ
——アメリカでの中絶

　欧米諸国の多くの国にいえることだが、とくにアメリカでは大統領選挙の際に、人工妊娠中絶が大きな社会問題としてつねに象徴的な形でとりあげられる。アメリカ社会には、あらゆる形での中絶を禁止すべきとする「プロライフ」と、制限をもうけずに自由な中絶を求めて活動する「プロチョイス」の立場とのあいだで激しい対立がある。アメリカの中絶率は欧米諸国のなかでもきわめて高い。2000年以降は中絶率が下がりつづけ、7パーセント減少した。避妊手段の利用が増えたことが減少につながっていると思われる。

権利を求める闘い

　人工妊娠中絶が認められているどの国でも、その権利が得られるまでには長い闘いがあった。1973年に、アメリカの最高裁判所は妊娠3か月までの中絶を憲法で保障された権利と認め、中絶を禁止する法律を無効とした。1992年にも中絶する権利が最高裁判所によって再確認されたが、制約を定める権利が各州にあたえられたため、女性や医師への法的保護が大きく後退することになった。10年後の2013年に、NBCニュースとウォールストリート・ジャーナルによる共同調査がアメリカではじめて実施され、アメリカ人の過半数（54パーセント）が制約をもうけない中絶の合法化に賛成であることが明らかになった。

　カナダの場合、このような社会現象に政府がかかわることに二の足をふんでいるという特徴がみられる。1988年以来カナダには、中絶にかんするいかなる法も制約も存在していない。フランスでは、人工妊娠中絶を認めるヴェイユ法案が1975年1月15日に合憲とされ、ようやく中絶が合法化された。ヨーロッパ各国では熱心な社会運動、とくに女性たちの運動のおかげで中絶

> データ
> 「アメリカではこの20年間で、中絶をおこなう医療施設に対して100件以上の破壊行為がおこなわれた」。NARAL（全米中絶の権利行動同盟）、2012年。

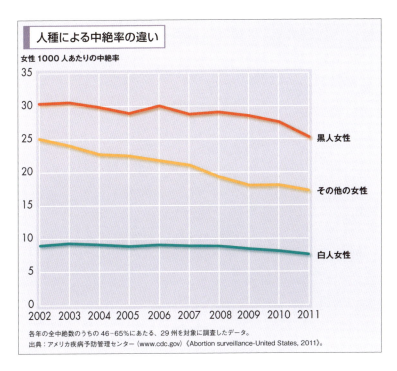

人種による中絶率の違い

女性1000人あたりの中絶率

黒人女性

その他の女性

白人女性

各年の全中絶数のうちの46-65%にあたる、29州を対象に調査したデータ。
出典：アメリカ疾病予防管理センター（www.cdc.gov）〈Abortion surveillance-United States, 2011〉。

の権利が勝ちとられてきた。1971年4月5日には、343人のフランス人女性たちが「343人のあばずれ」宣言で当時はまだ違法とされていた中絶の経験があることを公表し、中絶と避妊の自由化を求めている。

母体の選択権を罰する

司法機関としてアメリカで最高の権限をもつ最高裁判所の決定から40年がたち、女性の自己決定権をめぐる議論がふたたび活発になっている。中絶を殺人とみなす「プロライフ」の立場と、侵すことのできないプライバシーの権利であるとする「プロチョイス」の立場が対立しているのである。中絶をおこなっている医療施設の前での座りこみから医師の殺害にいたるまで、暴力的な抗議行動がおこなわれたため、1000件近い医療施設がこの10年間で閉鎖に追いこまれた。すくなくともノースダコタ、サウスダコタ、アーカンソー、ミシシッピの4州では、中絶を希望する女性を受け入れることのできる医療施設が1個所しかない。厳しい条件をつけることによって妊娠中絶手術を受けにくくしようとしている州も多い。1992年以降、中絶に制限をくわえる法律が33以上の州で500件近く可決された。2008年にはサウスダコタ州で中絶権を禁じる法案が可決さ

中絶医療とプロライフの暴力行為

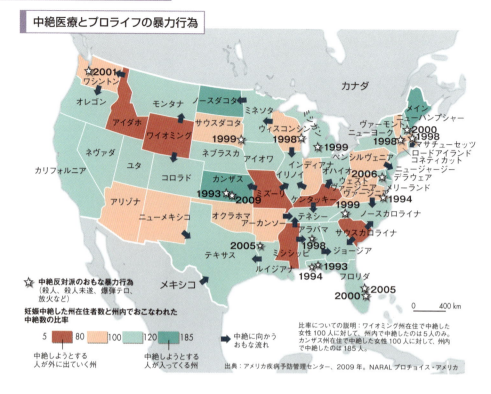

☆ **中絶反対派のおもな暴力行為**
（殺人、殺人未遂、爆弾テロ、放火など）

妊娠中絶した州在住者数と州内でおこなわれた中絶数の比率

5	80	100	120	185

中絶しようとする人が外に出ていく州　　中絶しようとする人が入ってくる州

➡ 中絶に向かうおもな流れ

0　400 km

比率についての説明：ワイオミング州在住で中絶した女性100人に対して、州内で中絶したのは5人のみ。カンザス州在住で中絶した女性100人に対して、州内で中絶したのは185人。

出典：アメリカ疾病予防管理センター、2009年。NARAL プロチョイス・アメリカ

れたが、住民投票で否決された。中絶権を守るための政治行動をおこなっているプロチョイス派の「NARAL（全米中絶の権利行動連盟）」にくわわっているのは20州ほどにすぎない。

法の網をくぐる女性たちの戦略

　法規制が強化され、保守派や宗教団体からの圧力がエスカレートすれば、女性たちは中絶に対応してくれる医療施設に行けなくなってしまう。自由よりもおそれが先に立ち、医療施設が次々と閉鎖され、中絶手術をあえておこなう医師がいないという抑圧的状況

にあって、アメリカ人女性たちは新たな解決策を見つけなければならなくなった。

　こうして中絶のための旅行が復活したのである。対応医療施設が少ない州（ミシシッピ、サウスカロライナ、ワイオミング、アーカンソー）の女性たちは、中絶のために近隣の州に向かう。アメリカ疾病予防管理センターによると、カンザス州とイリノイ州は2009年に、ミズーリ州の女性を6000人以上受け入れ、オハイオ州はケンタッキー州から1000人弱、ノースカロライナ州はサウスカロライナ州から約4000人、ケンタッキー州から約800人

を受け入れている。

　「中絶のための旅行」は、中絶を望む多くの女性たちによって古くからおこなわれていたが、それを解決策とみなすことはできない。なぜなら、自分が住んでいるのとは別の場所で中絶手術を受ける費用をまかなえる裕福な女性だけにかぎられているので、格差が広がることにつながるからであり、また女性の生命を危険にさらす不衛生な環境でおこなわれることが多い非合法な中絶を助長することにもなるからである。

人種や社会階層による違い

　毎年15〜44歳のアメリカ人女性の2パーセントが人工妊娠中絶をおこなっている。うち半数はすくなくともそれ以前に1度は中絶を経験している。全体的に、アメリカ人女性の半数は望まない妊娠をしていることになり、う

ち10人中ひとりは20歳前、4人中ひとりは30歳前、10人中3人は45歳前に中絶している。

　アメリカの中絶率は人種によって大きく異なっている。2011年に中絶をおこなった白人女性は1000人中7人だが、黒人女性の場合、数年前から大きく減少しているとはいえ中絶率は1000人中25人にのぼる。この差は、社会経済的地位の格差が依然として存在していることによるものだ。結婚しているかどうかによる違いも大きい。シングル女性の中絶率は結婚している女性の4倍以上である。また中絶件数全体の半数以上は、20〜29歳の若い女性によって占められている。女性たちがどのような社会的・人口統計学的立場にあるにせよ、家族や家族生活の責任を代表して負わされているということが中絶の理由にはっきりあらわれている。

性教育の必要性

　オランダでは初等教育と中等教育に充実した性教育カリキュラムが導入されていて、望まない妊娠や中絶の割合が世界のなかでもきわめて低い国となっている。セクシュアリティにかんする知識を公然と得られ、学校での性教育もおこなわれているが、性生活のプライバシーはじゅうぶんに守られるという関係性がしっかりと確立している。多くの国々、とくに最貧国の人々は、正しい情報が得られないことや男尊女卑がいまだに続いていることなどから、家族計画をふくむ将来設計を考えることができずにいる。

選択権

　セクシュアリティについての知識をできるだけ広めることが不可欠である。それは倫理にかかわるだけでなく、最貧困層にいる人々の生活環境を改善できるかどうかを左右する問題でもある。2011年における世界の平均出生率は2.5であるが、サハラ砂漠以南のアフリカでは5.1で、先進国の3倍である。このように高い数字を示しているのは、社会的環境が整っていないことによるものだ。なぜなら、どの調査結果を見ても、この地域の女性のほとんどは子どもの数をもっと少なくしたいと望んでいるからだ。

　避妊手段がかぎられていてばらつきがあること、貧しく社会的圧力も強い

> データ
>
> 「世界には望まない妊娠が8000万件あり、2億2200万人の女性は避妊の手段をもっていない」。UNFPA、2012年。

こと、男尊女卑の因習などが重なってこうした状況が生まれているのである。世界では2億2200万人の女性がまだ家族計画のらち外にある。不平等な状況にあるのは、北アフリカのいくつかの国を除くアフリカ諸国の女性たちである。モーリタニア、リベリア、ブル

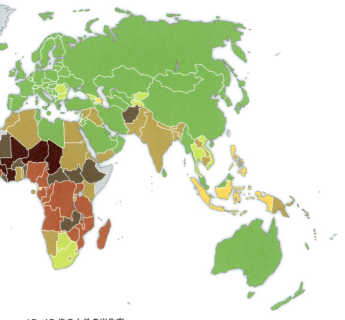

15-19 歳の女性の出生率
女性 1000 人あたりの出生児数(2014 年)

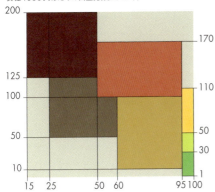

15-24 歳の女性の識字率(%)
(2005-2013 年の最新データより)

データなし

出典：国連人口部「世界人口推計
(World Population Prospects)」、ユネスコ。

キナファソ、セネガル、スーダン、トーゴなどの国々では、4分の1以上の女性がそうしたサービスを受けられず、家族計画の必要性が満たされていない女性の割合が25パーセント以上にのぼる。南アジアや西アジア、カリブ海諸国などでは、家族計画の必要性が満たされていない女性の割合はもっと低い（15パーセント）が、増加傾向にある。

　避妊法や家族計画サービスが世界に普及すれば、望まない妊娠は年間8000万件から2600万件へと減少するだろうというのが、アメリカの医療研究機関、グットマッハー研究所の見解である。避妊手段が得られないことも、

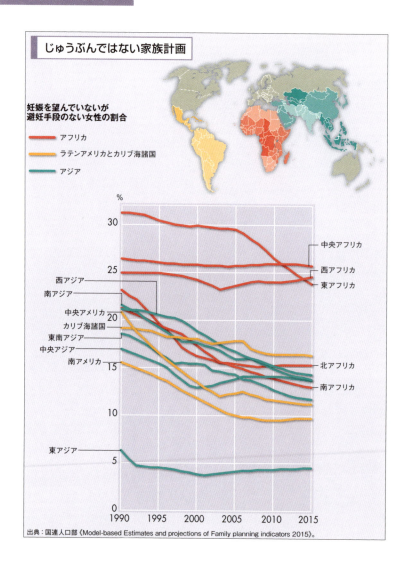

じゅうぶんではない家族計画

妊娠を望んでいないが
避妊手段のない女性の割合

— アフリカ
— ラテンアメリカとカリブ海諸国
— アジア

出典：国連人口部《Model-based Estimates and projections of Family planning indicators 2015》。

不衛生な環境での中絶が増えている原因とされる。世界の中絶のうち安全でない中絶をする割合は1995年の44パーセントから、2008年には49パーセントになっている。増加しているのはおもに発展途上国である。

社会的・経済的影響と家族計画

家族計画、そしてとくに性と生殖の権利を行使できるということは、ほかの権利を得るということにもなる。とくに女性の健康によい影響をもたらす

ことになるのは明らかで、女性の社会進出や、子どもたちの就学にもつながる。国連人口基金（UNFPA）によれば、バングラデシュのマトラブ地域でのプロジェクトは、出産数減少とリプロダクティブ・ヘルス（性と生殖にかんする健康）が子どもたちの教育によい影響をもたらしている好例である。子どもの就学率が上がり、教育部門への投資も増加したという。

　家族計画のサービスを受けられれば、女性が新たに決定権をもつことができるので、男女の社会的関係も変化する。とはいえ家族計画改善プログラムが、ほかの発展成長戦略のかわりになるというわけではない。実際のところ世界のどこにおいても、出生率は教育水準にかかわっている。サハラ砂漠以南のアフリカでは、教育を受けられず多くの子どもをもつ女性たちと、中等教育を受けて出産数も少ない女性たちとの

あいだに格差があることが明らかになっている。この地域では、居住地や社会階層も出生率の高さにかかわっている。つまり家族計画は、この地域の人々や女性のソーシャル・キャピタル（社会的ネットワーク）を改善するための、よりグローバルな政策の一環とみなされるべきである。

国際的な関与と責任

　国際機関は、途上国で6億4000万人以上の女性たちが近代的避妊法を用いるために必要な資金を、年間約40億ドルと見積もっている。2010年には、国際支援が4億ユーロ近く減少した。世界の住民ひとりあたり1ユーロあれば、リプロダクティブ・ヘルス・ライツ（性と生殖にかんする健康・権利）が実現すると専門家たちは見ている。

まとめ

生殖にかんするさまざまな法制を地図にすると、こんな疑問が生じる。つまりグローバル化はほんとうにライフスタイルや価値観の画一化をもたらしているのだろうか、という疑問である。これらの地図から、ある国家やある文化圏独自の規範や法律が、性愛にまつわる行為にいかに影響をおよぼしているかが明らかになった。豊かで自由なセクシュアリティを享受する権利という面で見ると、世界の画一化はまったくなされていない。しかもセクシュアリティにかんする一部の法体系がたえず問いなおされているのは、性と生殖にかかわる枠組みがいかに大きな社会問題であるかを示している。

ひとつめの結論は明白である。つまり21世紀はじめにおいて、どこでも自由で公平な性生活が送れるわけではないということである。世界には、ふたつの異なる速さで変化する、ふたつの現代社会がある。一方には、男女が法のもとで（ほとんど）平等に結婚を選択し、子どもをもち、いつ産むかを計画し、自分の性的指向を堂々と表明できる寛容な欧米社会がある。他方、性的行為が厳しく規制され、タブーを破れば罰せられ、同性愛者など一部の人々は断罪されるのに、児童婚で性的関係を強制される人々もいるような発展途上の抑圧的な国々がある。

ふたつめの結論は見すごしにはできない。つまりセクシュアリティにかんして厳格な法律や法制の欠如の犠牲になるのは、つねに女性だということである。世界の多くの女性たちは性教育の知識が得られず（望まない妊娠は8000万件）、妊娠中絶が禁じられている国に住み（2200万人が危険な中絶をしている）、近代的な避妊手段に頼ることができないか、あるいは禁じられ（2億2200万人）、18歳未満でむりやり結婚させられる（5000万人）。サハラ砂漠以南のアフリカではとくに、女性が法律によって性的に抑圧された従属的立場に置かれていることが多い。東南アジアや南アメリカでは、一部の地域や先住民のコミュニティの女性たちが差別や性的な支配にさらされがちである。

途上国の女性たちは、セクシュアリティと権利にかんしてもっとも恵まれていない。農村部に住み、貧しく教育を受けられなければなおさらである。それにくわえて、欧米諸国でもとくに妊娠中絶や避妊、一夫多妻制などにかんする女性の権利は安定していない。人工妊娠中絶をおこなっている医療施設に対するテロ行為もあり、ヨーロッパの一部の国では中絶権を廃止しようという議論がたえずおこなわれている。また別の角度から見れば、ヨーロッパのいくつかの国で当局が

一夫多妻制に寛大な態度を示しているのは象徴的だ。女性がのびのびと穏やかで自由な性生活を送る権利が、既得権にはなっていないということだからである。

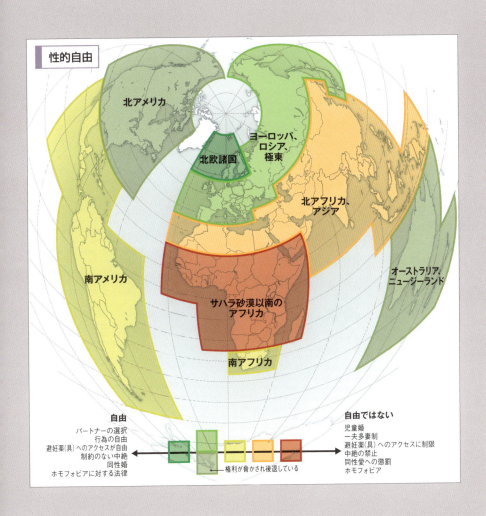

性的自由

北アメリカ

北欧諸国

ヨーロッパ、
ロシア、
極東

北アフリカ、
アジア

南アメリカ

サハラ砂漠以南の
アフリカ

南アフリカ

オーストラリア、
ニュージーランド

自由
パートナーの選択
行為の自由
避妊薬(具)へのアクセスが自由
制約のない中絶
同性婚
ホモフォビアに対する法律

←権利が脅かされ後退している

自由ではない
児童婚
一夫多妻制
避妊薬(具)へのアクセスに制限
中絶の禁止
同性愛への懲罰
ホモフォビア

あらゆる境遇 のカップル

　現代社会ほどセクシュアリティが存在感を示している時代はない。「je m'envoie en l'air（わたしは絶頂に達している）」という性的快感の暗喩表現を用いたある航空会社の広告が示すように、セクシュアリティはいたるところに公然と掲示されている。とはいえ、愛情に満ちた性生活の新たな形を明確にとらえて解析するために、統計の必要性がこれほど強くもとめられたことはなかった。本章では、社会の規範としてのカップルの存続について検討する。欧米社会でのさまざまな性愛行動をとりあげるが、それは情報が得られて人々がだれとどこでどのようにセックスをしているかを語ることができるのがこの地域だけだからである。現代の恋愛はさまざまな体験を容認しながら、セクシュアリティを急速に変化する社会に組み入れている。本章「あらゆる境遇のカップル」では、21世紀の男女が将来の恋愛コードをどのように生み出しているかを明らかにする。

性交渉——精力と充足度

> セクシュアリティは、テレビや映画から雑誌のグラビア、街の看板から航空会社の広告にいたるまで、いたるところにあふれている。言葉や行為や主観のなかにもセクシュアリティが存在する。しかし男女の性的行動の多様性とその変化についてはほとんど知られていない。最近では世界的規模でのさまざまな調査がおこなわれている。調査方法は異なっていても、精力と充足度を示す指標として、次のふたつが代表的なものとしてあげられる。つまりパートナーの数と性交渉の頻度である。

女性より男性のほうがパートナーが多い

自分のセックスパートナーの数を数えたことがない者がいるだろうか。2005年にデュレックス社が41か国の31万7000人以上を対象におこなったアンケートによれば、平均9人だった。どこの国でもこの数字は男女で大きく異なっていて、男性は10人以上であるのに対して女性は7人以下である。

フランスの場合はこの差が縮まっている。男性のセックスパートナーの数は40年間変わらないが、女性は2倍になっている。しかしセックスパートナーとはなにか。フランスのセクシュアリティにかんするある研究では、男性と女性でセックスパートナーの数にずれがあることについてこのような説明がなされている。つまり男性は一般に「ゆきずり」の相手をふくめたパートナーを全部数に入れるが、ほとんどの女性は人生にかかわるパートナーしか数に入れないのだという。現代社会においてもセクシュアリティの認識にはまだ性差がある。男性の精力の強さは奨励され評価されるが、女性の場合はからかいや侮蔑の対象となる。実際、パートナー数の多さは、男性の場合には男らしさや力強さの象徴とされ、女性の場合は尻軽女、だらしない女のイメージに結びつけられる。

データ

「世界では毎秒1万3000回のセックスがおこなわれている。つまり毎年3650億回である」。フランスの統計情報サイト「Planetoscope」、2012年。

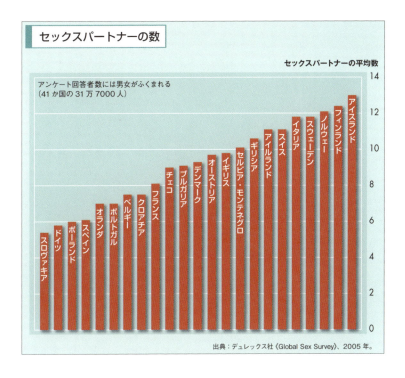

セックスパートナーの数

セックスパートナーの平均数

アンケート回答者数には男女がふくまれる
（41 か国の 31 万 7000 人）

（グラフの棒、左から右へ）
スロヴァキア、ドイツ、ポーランド、スペイン、オランダ、ポルトガル、ベルギー、クロアチア、フランス、チェコ、ブルガリア、デンマーク、オーストリア、イギリス、セルビア・モンテネグロ、ギリシア、アイルランド、スイス、イタリア、スウェーデン、ノルウェー、フィンランド、アイスランド

出典：デュレックス社《Global Sex Survey》、2005 年。

ヨーロッパに比べアジアのセックスパートナー数はもっと少ない。とくに中国やインドでは平均3人である。ノルウェーやスウェーデンやデンマークでは、ひとりのパートナーとしか性関係をもたない人は12パーセントにすぎないが、たとえば香港では3分の2の男女がそうである。過去1年間のセックスパートナーの数を聞かれた欧米諸国の男女は、ひとり以上の相手と性関係をもったと答えている。男性が答えたパートナー数のほうが女性より多いが、その差は小さい。

性交渉の頻度

世界の平均的な性交渉の頻度は年103回とされる。ギリシアはヨーロッパでもっとも多く、週3回以上である。バルカン半島のクロアチアとセルビア・モンテネグロ［2005年時点］が第2位と第3位である。北欧諸国は平均すると4日に1回でもっとも精力的ではない。フランスはヨーロッパでは第6位だが、情熱的な「ラテン・ラヴァーズ」のイメージはすたれつつある。イタリアやスペインのセックス頻度は全体平均をやや上まわる程度だからだ。

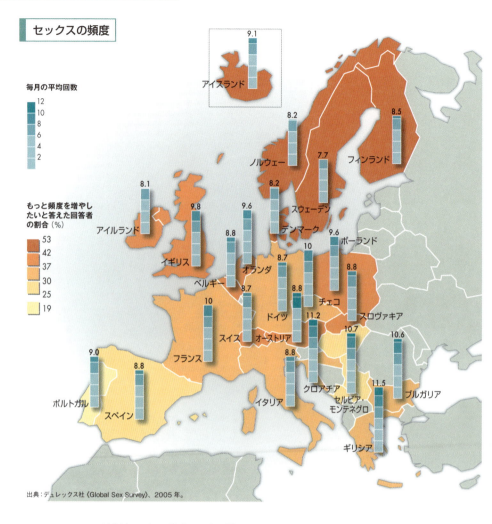

セックスの頻度

毎月の平均回数

12
10
8
6
4
2

もっと頻度を増やし
たいと答えた回答者
の割合（%）

53
42
37
30
25
19

アイスランド 9.1

ノルウェー 8.2

フィンランド 8.5

スウェーデン 7.7

アイルランド 8.1

イギリス 9.8

デンマーク 8.2

オランダ 9.6

ベルギー 8.8

ポーランド 9.6

ドイツ 8.7

チェコ 10

スロヴァキア 8.8

スイス 8.7

オーストリア 8.8

フランス 10

クロアチア 11.2

ポルトガル 9.0

スペイン 8.8

イタリア 8.8

セルビア・
モンテネグロ 10.7

ブルガリア 10.6

ギリシア 11.5

出典：デュレックス社《Global Sex Survey》、2005年。

ヨーロッパ以外では、東南アジア諸
国のとくに台湾、香港、シンガポール
などの大都市で、頻度がもっとも少な
い（5日に1回）。日本は年45回で、
ギリシアの3分の1である。どの国で
も35〜44歳がもっとも精力的で、平
均して年112回である。

性生活に満足しているのは
だれか

セックスの充足度は人によって大き
く異なる。各国のアンケート回答者の
うち44パーセントは性生活に満足し
ていると答えたが、36パーセントは
もっと頻度を増やしたいと思っている。
きわめて不満なのでもっと頻度を増や

したいと答えたのはだいたい男性で、女性では29パーセントであるのに対して、男性では41パーセントである。「月に何回セックスをしますか？」という問いにヨーロッパ人の多くは困惑し、回答をこばんでいる。2007年にオンライン調査会社ノヴァトリス・ハリスが5550人を対象におこなったアンケートでは、ドイツ人、イギリス人、イタリア人の約40パーセントがこの問いに答えなかった。アメリカ人で答えなかったのは20パーセントにすぎない。セックスがどこにでも顔を出す社会のなかで、それはタブーや風俗の

問題というよりはむしろ、自分のセクシュアリティが精力的で満足のいくものだと思われたいという気持ちからだろう。とはいえセクシュアリティはこの国でも同じ重要性をもっているというわけではない。

　セックスをきわめて大事なことだと思っていると答えたのは、ギリシア、ポーランド、ブラジルでは80パーセント近いが、タイや日本では38パーセントにすぎない。ドイツやフランスはその中間で、半数以上（58パーセント）がセックスは重要だと考えている。

試行期

現代の性愛生活にはどのような新しい形があるのだろう。ふたりでひと組のカップルの形が当然のものではなくなり、スピードとインスタントが支配する現代社会において、愛と性はさまざまな様相を呈している。個人の自由が尊重されるようになり、カップルの伝統的イメージをモデルとする規範は絶対視されなくなっている。現代の愛は、堂々とおこなわれるようになってきた多種多様な試行的体験にとってかわられつつある。実用主義の愛情、性的快楽の外向性、新しいものへの嗜好のなかで、21世紀の男女は未来の恋愛コードを作り上げていく。

恋愛の新たなコードとは

試行期は、性愛の伝統モデルを変えたいという男女の願望のあらわれだ。一夜かぎりの恋愛、セックスフレンド、3人での性行為は、普遍的な性愛関係のカップルという概念をはっきりとくつがえすものという意味で、フリーセックスや不貞とは区別される。独身を選択して自由な性生活を送ったり、話しあいをして一時的な関係を結び、おたがいに性生活を楽しんだり、さまざまなセクシュアリティをふくむ3人で家庭を築いたりといったことは、世界中でごくふつうにおこなわれている試みである。

一夜かぎりの性愛

さまざまな性的関係の試みのなかで、

男性（47パーセント）と女性（40パーセント）に共通するもっとも一般的な体験は、恋愛感情のないパートナーとの一夜かぎりのセックスである。2005年にコンドームブランドのデュレックス社が世界約40か国で実施したアンケート調査によると、北欧、オーストラリア、ニュージーランドでこの種の体験をしている人々がもっとも多かった（3分の2以上）。一方、南

> **データ**
> 「ノルウェーでは70パーセントの男女が一夜かぎりのアヴァンチュールを経験しているが、イタリアでは28パーセントである」。デュレックス社、2005年。

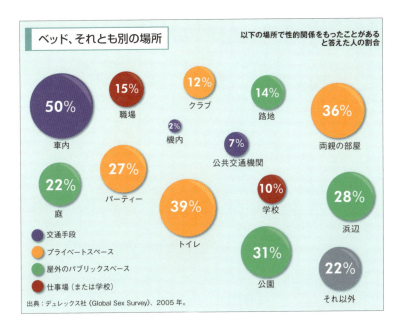

ベッド、それとも別の場所

以下の場所で性的関係をもったことがある
と答えた人の割合

50% 車内

15% 職場

12% クラブ

14% 路地

2% 機内

7% 公共交通機関

36% 両親の部屋

22% 庭

27% パーティー

39% トイレ

10% 学校

28% 浜辺

31% 公園

22% それ以外

● 交通手段
● プライベートスペース
● 屋外のパブリックスペース
● 仕事場（または学校）

出典：デュレックス社《Global Sex Survey》、2005年。

欧、ドイツ、ポーランドの人々や、タイ、シンガポールなどの東南アジア、日本、インド、香港の人々は、一夜かぎりの関係をもつことが少ない（4分の1以下）。

現代のアムール・ア・トロワ

メナージュ・ア・トロワとは、夫婦とその一方の愛人との3人が同居する世帯のことである。古くからあるこうした関係が見なおされ、新たな愛の形として今日では社会的にも認められるようになっている。「トリオ」と「カップル」を組みあわせた新語、「トゥルプル（trouple）」という名でよばれるこの関係は、男性ひとりと複数の女性の関係にほぼ限定されるポリガミー

とは異なる。またカップルのそれぞれが同時にほかの相手を愛することができるポリアモリーでもない。アムール・ア・トロワ（3人での性行為）は新しい性愛のモデルである。同衾するのはバイセクシュアル（両性愛）、ホモセクシュアル（同性愛）、ヘテロセクシュアル（異性愛）を問わない。3人は対等の関係にあり、伝統的な夫婦のモデルとはまったく相いれないものである。

もともとはホモセクシュアルどうしの世帯でおこなわれていたことだが、いまではその他のタイプの世帯にも広まっている。このような関係が世界中にどれくらいあるかを推しはかるのは困難であるが、デュレックス社が2005年におこなったアンケート調査

から、3人での性行為経験者の数を推定することができる。それによれば、3人でベッドをともにする傾向がもっとも高いのは、オーストラリア、ニュージーランド、スカンディナヴィア諸国の男女である。反対に、スペイン、ポルトガル、ドイツ、ポーランド、そしてアジアのインド、日本、インドネシアなどはこうした行為をあまり好まない。

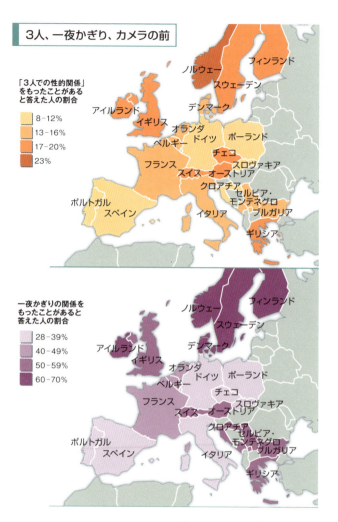

3人、一夜かぎり、カメラの前

「3人での性的関係」をもったことがあると答えた人の割合
- 8-12%
- 13-16%
- 17-20%
- 23%

一夜かぎりの関係をもったことがあると答えた人の割合
- 28-39%
- 40-49%
- 50-59%
- 60-70%

セックスフレンド

　セックスフレンド、ファックフレンド、ノーストリングスなどとよばれる恋人＝友人の関係が、性生活を満喫するためのライフスタイルとなっている。こうした関係ではパートナーどうしが共通の人生設計をもつことはない。物理的なつながりもない。つまり同居することはなく、結婚や民事連帯契約（PACS）のような公式の関係を結ぶこともない。家庭を築き子どもをもつという意志もなく、従来の独占的な恋愛感情ももたない。セックスフレンドと性関係をもつことは性愛生活の新たな一形態となり、性愛にしばられたくないと考える今時の恋愛事情を背景にして定着してきている。

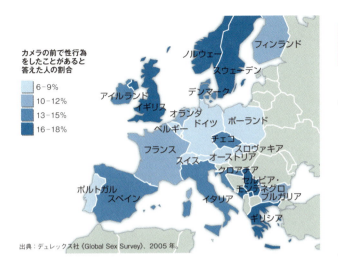

カメラの前で性行為
をしたことがあると
答えた人の割合

6-9%
10-12%
13-15%
16-18%

フィンランド
ノルウェー
スウェーデン
デンマーク
アイルランド
イギリス
オランダ
ドイツ
ポーランド
ベルギー
チェコ
フランス
スロヴァキア
スイス
オーストリア
クロアチア
セルビア・
モンテネグロ
ポルトガル
スペイン
イタリア
ブルガリア
ギリシア

出典：デュレックス社《Global Sex Survey》、2005年。

セックスを
する場所

寝室がセックスをするのにもっとも好まれる場所であることに変わりはない。このお決まりのシチュエーション以外でもっとも性行為に適した場所は、予想に反してロマンティシズムの香りがする気どった場所ではない。2005年のアンケート調査によると、世界の男性のふたりにひとりが車のなかでセックスをしたことがあると答え、トイレが2番目にきている。回答者の3人にひとりがセックスしたことがあると答えている公園や浜辺もそのすぐあとに続いているが、こうした場所はおそらくロマンティックな気分にさせてくれることだろう。

緑地でのセックスがもっとも多いのはオーストラリアやニュージーランドで、そのあとにカナダ、そしてチェコ、クロアチア、スイス、アイルランドなどのヨーロッパ勢が続く。

私生活のこのような臨時契約化は、愛情にしばられずに性的快楽を得たいと考える女性たちをますますひきつけている。こうした行動をとっているのは、職業的にも社会的にも満足のいく生活を送っている大都市の男女がもっとも多い。世論や心理学者たちの意見では、新たな恋愛コードの先駆けと解釈されることもあれば、依存と裏切りへの不安によるものとみなされることもある。

セクシュアリティの混交

　セックスの目的が身体のありとあらゆる性感帯を刺激して大きな快楽を得ようとするものだとするなら、すべての人はバイセクシュアル（両性愛）の傾向をもつということになる。何世紀も前からあるこの行為は、教会によって厳しく禁じられていた。いまでは欧米社会がこの種のことに比較的寛大になり、新たな性的体験や新たな快楽を求める風潮もあって、フリーセックスがふたたび流行し、スワッピングやグループセックスのように、ヘテロセクシュアル（異性愛）カップルの規範から逸脱した行為が増えている。

だれもがバイセクシュアル？

　それはまさに、セクシュアリティにかんしてフロイト学派がとなえていることである。押しつけられた性同一性への、多少なりとも強制的で葛藤をもたらすような同一化がなされることによってのみ、バイセクシュアルへの傾向が抑えられているのだという。一神教では、ヘテロセクシュアル（異性愛）カップルだけが社会的に認められるモデルとされていたので、現在のフランスで自分がバイセクシュアルだと思っている人は３パーセントにすぎない。ホモセクシュアルからもヘテロセクシュアルからもよそ者あつかいを受ける彼らは、なかなか自己主張できずにいる。とはいえバイセクシュアルはつねに存在していたのである。両性愛の事例は歴史的にも数多く存在するが、

ほとんどが男性で、多様な形をとり強制的におこなわれたこともあった。「衆道」などとよばれる男色があった日本の武家社会にも、女性にも変身するというロキ神の神話をもつヴァイキング社会にも、アフリカの多くの部族、そしてマヤ人のあいだにもそうした事例がみられた。しばしば少年愛的な行為もおこなわれ、若者たちは年長の者から性的手ほどきを受けなければならなかった。男性たちは結婚すると、今

データ
「2014年には、フランス人男性の11パーセント、女性は3パーセントだけがスワッピング・スポットに行ったことがあると答えている」。フランス世論研究所（IFOP）、2014年。

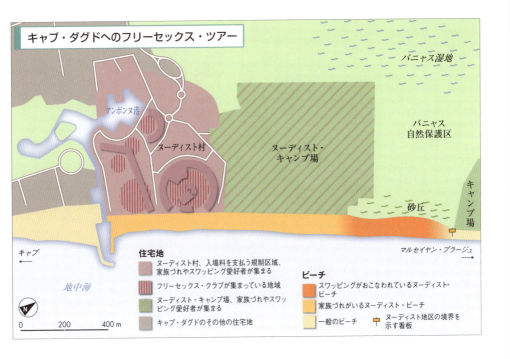

キャブ・ダグドへのフリーセックス・ツアー

バニャス湿地

アンボンヌ港

ヌーディスト村

ヌーディスト・キャンプ場

バニャス自然保護区

キャンプ場

砂丘

← キャブ

← マルセイヤン・プラージュ

地中海

N

0　　200　　400 m

住宅地
- ヌーディスト村、入場料を支払う規制区域、家族づれやスワッピング愛好者が集まる
- フリーセックス・クラブが集まっている地域
- ヌーディスト・キャンプ場、家族づれやスワッピング愛好者が集まる
- キャブ・ダグドのその他の住宅地

ビーチ
- スワッピングがおこなわれているヌーディスト・ビーチ
- 家族づれがいるヌーディスト・ビーチ
- 一般のビーチ
- ヌーディスト地区の境界を示す看板

度は自分が手ほどきをすることになる。古代ギリシアやローマでは、「自由民」男性は自分の奴隷と男色をおこなうことができた。古くからこのような性的行為はどの文明でもありふれたものだった。15世紀には、フィレンツェの住民4万人のうち1万7000人が宗教裁判で男色の嫌疑をかけられている。そのため「フィレンツェの人」はドイツ語で「男色家」を意味する言葉にもなっている。いまでは、規範を逸脱した性的行為をおこなおうとする願望は、その他のさまざまな形をとるようになった。

グループ愛好者

フリーセックスは長らく富裕層の専売特許とされ、「上流」社会だけに許される洗練された行為とみなされていたが、いまではすっかり大衆化している。異性愛の世界では、グループセックス全般のことをスワッピングというようになっている。この言葉は本来、ふた組のカップルが一時的にパートナーを交換する性的行為を意味していた。見られたいという願望と見たいという願望がこの種の行為のおもな動機であるが、好奇心や、マンネリからのがれたいという欲求、ポルノ産業やメディアによってかきたてられた幻想を実現

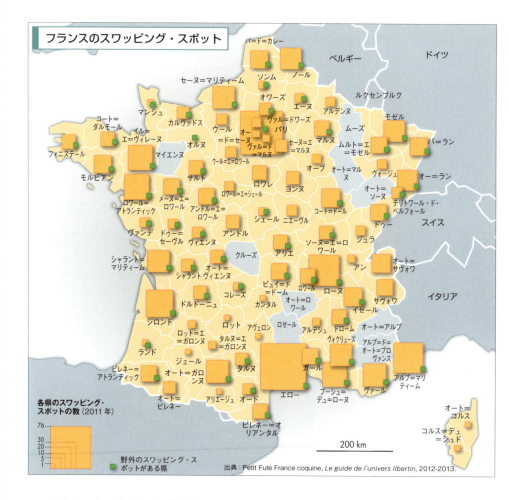

フランスのスワッピング・スポット

各県のスワッピング・スポットの数 (2011年)

76
30
20
10
5
1

■ 野外のスワッピング・スポットがある県

出典：Petit Futé France coquine, *Le guide de l'univers libertin*, 2012-2013.

200 km

させたいという思いも動機としてあげられる。現代のスワッピングはインターネットによって一般に広まっている。フランスでもっとも閲覧数の多いサイトは一日に29万回の閲覧があり、この種の体験を希望する層はますます若年化している。いまでは自宅でスワッピングパーティーを開く者もいる。こうした娯楽的セクシュアリティは、社会に快楽主義が広まり、規範コードに反することをしたいという欲求が高まっていることを示すものである。グループセックスはゲイのあいだではよくおこなわれ、決まったパートナーがいることもあればそうでないこともあり、とくにフリーセックス・クラブやサウナのバックルーム（裏部屋）が利用される。

フリーセックス専用スペース

ヨーロッパではフランスの海水浴場キャプ・ダグドがスワッピングの世界的メッカとされ、毎年夏になると数千人もの愛好者たちが集まってくる。「ふつうの」カップルや家族もいるナチュリスト（ヌーディスト）村や、隣接するナチュリスト・キャンプ場、ビーチにもうけられた専用地区、あるいは数多くあるフリーセックス・クラブでそうした行為がおこなわれている。ナチュリスト村には20軒の「みだらな」ランジェリー・ショップや、サド・マゾ行為のためのクラブもある。ほとんどの大都市にはフリーセックス・クラブのほか、すたれてきているとはいえ野外スペースもある。パリにはそうしたところが20個所ほどあり、あらゆるタイプ、あらゆる社会階層の利用者がいるが、高い入場料によって淘汰がおこなわれている。しかしこうした快楽専門の店は各地に広がっている。フランスでも、リュベルサック、プティ・ヴィレ＝ロベール、タスク、ヴェルニュなどといった町にフリーセックス・クラブがあることはあまり知られていない。

結婚の無力化

結婚は長いあいだあらゆる人々の人生に欠かすことのできない儀式だった。役所での市民婚だけのこともあれば宗教的儀式をともなうこともあり、恋愛結婚もあれば政略結婚もある。しかしとりわけ欧米では結婚を夢見るということがますます少なくなっている。少女たちはもう白馬の王子様を信じていないのだろうか。いずれにせよ、結婚する権利のある人々が結婚を一定期間の契約とみなして避けているときに、結婚することが認められていない人々が結婚を求めているのは、現代の結婚のまさにパラドックスである。

結婚は通過儀礼だった

結婚は個人の私生活に大きな区切となり、社会的立場を大きく変えるものである。どの社会でも結婚は、数千年にわたってその社会の柱となる慣習でありつづけている。多少の例外はあるが、結婚は依然として異性カップルにしか認められていない。そしてどの宗教も結婚を奨励している。イスラエルのように宗教婚しか認めていない国もある。昔から、結婚によって子どもを嫡出子とすることができ、遺産の相続が認められ、社会的立場も認められてきた。だからこそ1968年の時点では、フランスで結婚せずに同棲するカップルは3パーセントにすぎなかったのであり、結婚も早めだった。欧米では結婚はほとんどすべて一夫一婦婚である。

とはいえ結婚の性質や親子関係が万国共通かといえば、かならずしもそうではない。たとえば中国南西部の少数民族であるモソ族の女性は、通ってくる男性の子どもを産み、夫も父親もいないところで育てる。母方のおじが父親がわりとなるのである。同じように、トーゴやブルキナファソの一部の部族のあいだでは、結婚前の妊娠が奨励されている。未来の妻がよい体質の持主であることのあかしとされるのである。そう遠くない昔に結婚が政治的に利用されることがあったことも思い起こす

データ
「イタリアでは2000年から2010年にかけて婚姻数が24パーセント減少した」。フランス国立人口研究所（INED）、2011年。

ヨーロッパにおける1950年以降の婚姻数の推移

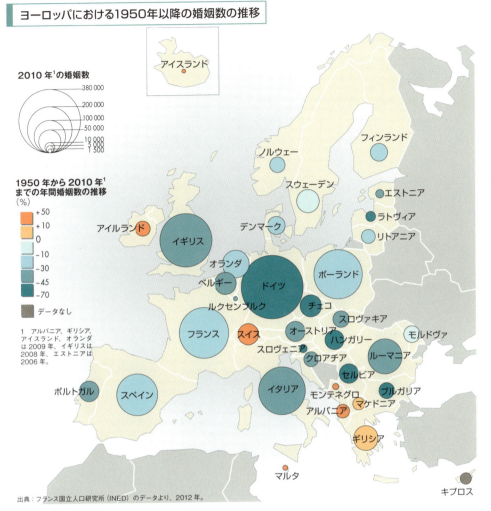

2010年[1]の婚姻数

380 000
200 000
100 000
50 000
10 000
1 500

**1950年から2010年[1]
までの年間婚姻数の推移
(%)**

+50
+10
0
−10
−30
−45
−70

データなし

1　アルバニア、ギリシア、アイスランド、オランダは2009年、イギリスは2008年、エストニアは2006年。

アイスランド

フィンランド

ノルウェー

スウェーデン

エストニア

ラトヴィア

リトアニア

デンマーク

アイルランド

イギリス

オランダ

ベルギー

ルクセンブルク

ドイツ

ポーランド

チェコ

スロヴァキア

オーストリア

ハンガリー

モルドヴァ

フランス

スイス

スロヴェニア

クロアチア

ルーマニア

セルビア

ポルトガル

スペイン

イタリア

モンテネグロ

ブルガリア

アルバニア

マケドニア

ギリシア

マルタ

キプロス

出典：フランス国立人口研究所（INED）のデータより、2012年。

べきである。アメリカでは1948年の時点で30州が異人種間の結婚を禁止していたが、この禁止が憲法に違反するという判決を連邦最高裁がくだしたのは、1967年になってからだった。

結婚は衰退しつつある

結婚はいまや期間限定の契約のようになっている。すくなくとも欧米諸国ではそうだ。ヨーロッパにもたとえばポーランドやバルト諸国のような例外はあるとはいえ、結婚が社会のらち外に追いやられる傾向さえある。離婚数が増えているだけでなく、婚姻数が減

少しているのである。ヨーロッパでは、1970年代なかばから減少傾向にある。アメリカ合衆国で減少が目立つようになるのはもっとあとで、2000年代からである。宗教が結婚におよぼす影響力は国によって異なる。たとえばポルトガルでは、2000年から2010年まで婚姻数が38パーセント減少したが、ヨーロッパでやはりカトリックの拠点国となっているアイルランドでは、同じ期間に16パーセント増えている。

多くの国々では、血縁関係と結婚との乖離が目立っている。フランスでは2014年に誕生した子どもの57パーセント以上が婚外子だった。高水準のア

イスランドやブルガリアに近い、高い比率である。逆に、クロアチアは16パーセント、ギリシアにいたっては7パーセントであり、地中海沿岸諸国の一部では伝統的習慣が存続していることがわかる。こうした格差は地域レベルでもみられる。フランス西部のカトリック圏（ヴァンデ県、マイエンヌ県）では婚姻数がそれほど減少してはいないが、都市化した地域ではますます結婚が敬遠されている。たとえばパリでは、2012年に結婚していた15歳以上の男性は35パーセント以下だった。

世界各地の婚姻数の推移

1978年を100としたときの年間婚姻数

- オーストラリア
- 日本
- ヨーロッパ
- アメリカ合衆国
- ロシア
- 中国

出典：フランス国立人口研究所（INED）のデータより、2012年。

フランスの既婚者

ギアナ

100km

グアドループ

マルティニーク

レユニオン

200km   25km

**15歳以上の人々のうち既婚者
が占める割合、2012年（%）**

21 40 46 48 50 54

出典：フランス国立統計経済研究所
（INSEE）、2016年。

減少の理由

　フランスでは1972年に約41万6000組という婚姻数を記録したが、2014年には24万1000組になった。こうした変化の理由としては、都市化などの地理学的要因と、学業期間の延長、就職開始期の後退、職業による女性解放（フランスでは現在初婚年齢が30歳を超えている）といった社会経済的要因があげられる。宗教的実践の減少や個人主義の広まりといった文化的要因もあげられるだろう。

新しい パートナーシップの形

　10〜20年前ほど前から、欧米諸国のほかブラジル、南アフリカなどで結婚以外の公的に認められたパートナーシップ（シビル・ユニオン）の形があらわれ、広まっている。フランスの民事連帯契約PACS（パックス）は象徴的な成功例であり、異性カップル、同性カップルを問わないこのような「ゆるやかな」パートナーシップが世界各地でみられるようになった。その一部は直接的に同性愛者にかかわるものである。欧米各国の同性愛者たちは、カップルとして生活するときの象徴的・法的地位の承認を望んでいる。同性間パートナーシップの地図から、目に見える寛容さと権利の度合に地域差があることがわかる。大都市は別格となっている。

パックス、結婚に準ずる制度

　欧米社会では結婚が減少傾向にあり、多かれ少なかれ別のパートナーシップの形にとって代わられてきた。たとえばフランスでは、1999年にパックスの制度［同性、異性を問わず、成人同士が契約し、法的権利等をより享受して、安定した共同生活を送るための制度］が発足し、それ以来着実にその数を増やしている。パックスは2014年には17万4000件を数え、2000年における件数の9倍になった。パックス数は結婚数のおよそ3分の2となり、結婚数にせまる勢いである。パックスを選択するのは、名目上や実際上のイデオロギーを理由に古い結婚制度を拒絶して結婚をしなかったカップル、あるいはすたれつつある婚約期間の役割をパック

スにもたせようとするカップルたちだと考えられる。結婚とパックスの総数は増えつづけている。こうした制度によって得られる税制上のメリットなどの特権もあるが、それ以上にフランス人はまだ恋愛関係を法的に確認したいと思っているのである。とはいえ現在のフランスでは8パーセントのカップルが同居をしていない。これらの制度と並行して、法で認められていないも

データ

「フランスでは、2013年5月から2015年12月までのあいだに2万6000組近い同性婚があった」。フランス国立統計経済研究所（INSEE）。

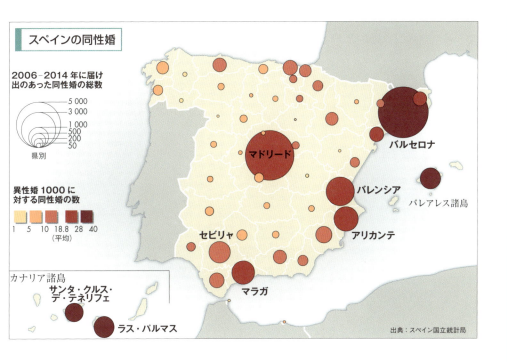

スペインの同性婚

2006−2014年に届け
出のあった同性婚の総数

5 000
3 000
1 000
500
200
50

県別

異性婚 1000 に
対する同性婚の数

1　5　10　18.8　28　40
（平均）

マドリード

バルセロナ

バレンシア

バレアレス諸島

アリカンテ

セビリャ

カナリア諸島
サンタ・クルス・
デ・テネリフェ

ラス・パルマス

マラガ

出典：スペイン国立統計局

っとマイナーなパートナーシップの形もあらわれている。トゥルプルやメナージュ・ア・トロワ（p.51）などがそれで、カップルが性愛関係に刺激を求めたりマンネリを打破するために複雑な三角関係を築いている。ほかの社会文化的革新と同様に、ゲイたちはこうした新たな形のパートナーシップの先駆者となっている。とはいえもっともよく知られている三角関係のモデルはなんといっても、フランソワ・トリュフォー監督の映画「突然炎のごとく」で描かれた男女のトリオである。

同性カップルのマイナーな立場

2010年までパックス契約が右肩上がりに増えていたのは、ほとんどが異性カップルによるものである。賛成者からも反対者からも同性婚のカムフラージュとみなされ、そのために激しい抗議も受けたこの革新的制度が、いまでは異性間におけるパートナーシップのありふれた一形態となっているのは皮肉なことである。同性間のパックス契約数はこの10年間増加の一途をたどり、2010年には9000件をやや上まわるほどになっているが、パックス全体に占める同性カップルの割合は減少

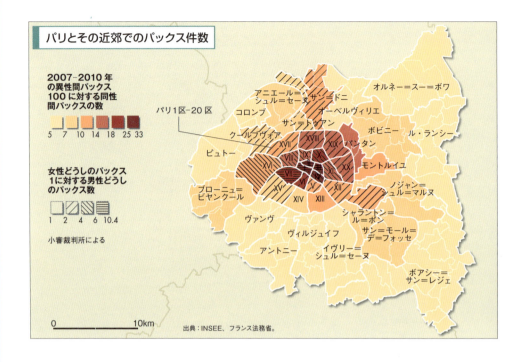

パリとその近郊でのパックス件数

2007-2010年
の異性間パックス
100に対する同性
間パックスの数

5 7 10 14 18 25 33

女性どうしのパックス
1に対する男性どうし
のパックス数

1 2 4 6 10.4

小審裁判所による

0　　　　　10km

出典：INSEE、フランス法務省。

パリ1区-20区

アニエール＝シュル＝セーヌ　サン＝ドニ
コロンブ　オーベルヴィリエ
サンテトウアン
クールブヴォア
ピュトー
ブローニュ＝ビヤンクール
ヴァンヴ
アントニー
ヴィルジュイフ
イヴリー＝シュル＝セーヌ
シャラントン＝ル＝ポン
サン＝モール＝デ＝フォッセ
ボアシー＝サン＝レジェ
ノジャン＝シュル＝マルヌ
モントルイユ
ボビニー　ル・ランシー
パンタン
オルネー＝スー＝ボワ

しつづけている。2000年には24パーセントだったが、2013年には4パーセント以下になっている。2013年からはフランスで同性婚が認められるようになったので、同性カップルはしだいにパックスに目を向けなくなっている（2014年には6300件のみ）。

地域による格差

このような新しいパートナーシップ制度は、どこでも同時に同じような熱意で受けとめられているというわけではない。データが得られた地域全体の同性カップルの状況を地図であらわしてみるとそれがよくわかる。新しいパートナーシップ制度が採用されている地域とそれ以外の地域との同性カップル数の差はきわめて大きく、結婚にいたっていない異性カップル数の差よりもはるかに大きい。「同性愛」カップルにおおむね好意的な都市圏と、あまり好意的でない地方圏でも同じような開きがある。性解放の発祥地である大都市は、より寛容で開放的であるように思われる。アメリカでもっとも同性カップルが多いのは、古くからアメリカ人ゲイたちの避難場所だったニューヨークやサンフランシスコであり、スペインではバルセロナやマドリードである。オランダではアムステルダムが、国内のほかの地域の5倍以上の同性婚

フランスのパックスおよび結婚の件数

凡例: ■結婚 ■パックス

（縦軸：300 000／250 000／200 000／150 000／100 000／50 000／0、横軸：2000 2005 2010 2014）

出典：INSEE、2016年。

ップが多くみられる。アメリカで同性カップル（申告にもとづいて調査した同性間カップル数）の割合がもっとも高いのは、ゲイたちのたまり場となっている海水浴場である。視野を広げてみると、空間的な集中のようすがもっとはっきり見えてくる。ゲイたちや、それにはおよばないがレズビアンたちは、彼らの性的指向や生き方により好意的だと思われる地区に集まろうと決めたかのようだ。フランスの小さな町や村からのがれた彼らは、貧困層の多い郊外も富裕層の多い郊外も拒絶して、パリの中心部に住んでいる。

を受け入れている。沿岸部の観光地にも、こうした新しい形のパートナーシ

独身、確かな価値

　カップルが社会生活の唯一のモデルだと言ったのはだれだっただろう。いま、独身者たちは同居することなくそれぞれの家で継続的な恋愛生活を送っている。誠実な継続的カップルである彼らは、より自由で、日常のわずらわしさがなく、従来の夫婦のような惰性的行動におちいることのないライフスタイルを選んだのである。独身者はとくに大都市に多くみられる。若年層の場合は両親からの独立が遅れているということであり、中年層の場合は最初から独身を選択したか、離婚や離別をしたということである。

新しいライフスタイル？

　いまでは独身者のイメージは大きく変化し、独身でいることが挫折とみられることはもうない。オールドミスや独身中年が、人生を棒にふった者としてあざけりの対象となったのは遠い昔のことだ。現代社会では子どものいる夫婦という唯一のモデルが成り立たなくなり、女性解放もなされたことで、単身生活が見なおされている。ヨーロッパでは平均して18パーセントが独身者である。スウェーデン（28パーセント）が最多で、ベルギーとオランダ（15パーセント）が最少、フランスは平均的な位置にいる。独身は男性にも女性にもかかわる問題である。とはいえ、女性の場合は社会的地位が向上したことに関連しているが、男性の場合は昔から変わっていないように思

われる。農家の嫁不足は数年前からさかんにメディアで伝えられている。

　しかし農村では独身に甘んじているということになるが、大都市の都会人にとってはむしろ選択するもののようである。ニューヨークは独身者のメッカであり、ふたりにひとりが単身生活を送っている。いまでは社会のこうした現象を行政当局も考慮するようになっている。住宅市場が飽和状態で家賃も高騰していることから、最近ニュー

> **データ**
> 「フランスでは、結婚後4〜6年で1000組中25組が離婚している」。フランス司法省、2010年。

カナダの独身者

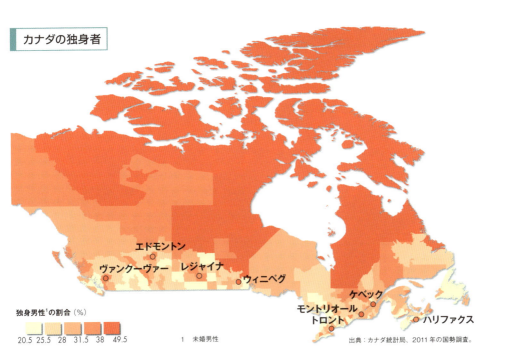

エドモントン

ヴァンクーヴァー　レジャイナ

ウィニペグ

ケベック

モントリオール
トロント

ハリファクス

独身男性¹の割合（%）

20.5　25.5　28　31.5　38　49.5

1　未婚男性

出典：カナダ統計局、2011年の国勢調査。

ヨーク市は、独身者優先の小規模アパート建設計画を打ち出した。カナダでも状況は変わらない。モントリオールとヴァンクーヴァーは独身者がもっとも多い都市（37パーセント）のタイトルを競いあっている。モントリオールでは5人にひとり（18.7パーセント）が自宅で単身生活をしている。この割合はカナダでもっとも高い。それ以外の都市では、10人にひとりがすくなくとも別の人と同居していない。

アンハッピーエンド

　結婚でも同棲でも、離婚したり離別したりすることは数多くある。そして新たな独身者や家族モデルを誕生させている。2011年にヨーロッパでは結婚世帯の45パーセントで離婚が成立し、新たな独身者が生まれた。フランスでは、離婚は40年前には5万3000件だったが、2014年には12万3000件となっている。とはいえ2010年からは減少傾向にある。現在の離婚の25パーセントは、結婚の5～9年後に生じている。離婚時の妻の年齢は平均41.7歳、夫は44.4歳である。離婚がもっとも多いのはパリである。全国平均では3組中ひと組が離婚しているが、パリでは2組中ひと組が離婚している。しかし多くの大都市が、パリにかなり近い離婚率を示している。とくにプロ

67

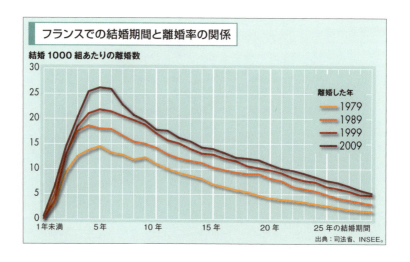

フランスでの結婚期間と離婚率の関係

結婚 1000 組あたりの離婚数

離婚した年
1979
1989
1999
2009

1年未満　　5年　　10年　　15年　　20年　　25年の結婚期間

出典：司法省、INSEE。

ヴァンス＝アルプ＝コート・ダジュール地域圏や、リヨン、ボルドー、トゥールーズなどの都市が多い。フランスではどの地域でも協議離婚が一般的であり、いまでは離婚がありふれた人生の一幕となっていることを示している。だからといってむやみに離婚するべきではないが。西フランスや中央高地では離婚があきらかに少ない。こうした地理的分布は、農村部の人々や保守的な人々、カトリックの私立学校にいる人々の存在と重なっている。

　離婚はやはり都会的問題である。両者の収入の違いによって女性が離婚で不利益をこうむるときは、女性への手当を厚くして離婚後もしかるべき生活水準が保てるように法律で定められている。フランスでは、1980年代はじめに比べてひとり親家庭が2倍に増え、フランス国立統計経済研究所によれば、2011年には160万世帯に達したという。2011年には250万人の未成年者がひとり親世帯で暮らし、その85パーセントがシングルマザー家庭であるという調査結果もある。現在、150万人の未成年者がステップファミリー（子づれ再婚家庭）で生活し、そのほとんどは継父と暮らしている。

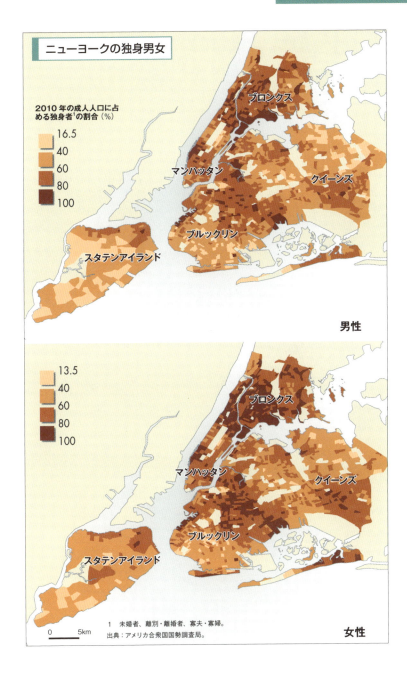

ニューヨークの独身男女

2010 年の成人人口に占
める独身者[1]の割合（%）

- 16.5
- 40
- 60
- 80
- 100

ブロンクス

マンハッタン

クイーンズ

ブルックリン

スタテンアイランド

男性

13.5
40
60
80
100

ブロンクス

マンハッタン

クイーンズ

ブルックリン

スタテンアイランド

1　未婚者、離別・離婚者、寡夫・寡婦。
出典：アメリカ合衆国国勢調査局。

0　　5km

女性

69

だれもが浮気者？

　結婚していながら浮気をする男性は、女性よりもつねに大目にみられ、好意的にさえみられてきた。しかしいまでは男性も女性もこの分野ではほとんど同等であり、数年前から二重生活を送る人々の数が増えている。とはいえ、浮気はこっそりとおこなわれるものなので、浮気している人の数を見積もることは不可能に近い。だが女性たちが考案した既婚男女のための出会い系サイトGleeden.comがわれわれにデータを提供することを承諾してくれたおかげで、ヨーロッパの浮気地図を描くことができた。

浮気に対する視線と認識

　現代では夫婦関係を維持することと、それぞれに欲望を満たすことがたやすく両立できるようになったのだろうか。現代社会の個人主義は自己実現を優先させる。男性も女性も、社会や家族にしばられて快楽や自由を犠牲にするのは、受け入れがたいことだと思うようになってきている。あらゆることがスピード化し、いたるところで変化がある。人々はなんでもすぐに手に入れようとする。テレビやインターネットからあふれる情報が日常生活のあらゆる側面に影響をおよぼし、成果至上主義が職場にも私生活にもはびこっている。現代社会のさまざまなあり方は、夫婦の新たな概念を生み出した。急速に変化する状況のなかで、浮気に対する視線も変化している。

　ヨーロッパでは、男性も女性もしだいに現実的になっていることがあらゆる調査結果から明らかになっている。つまり、パートナーですべて満足することはできないのだから、浮気しながらもパートナーを愛することができると考えているのである。市場調査会社イプソスとGleeden.comによれば、フランス、イタリア、ドイツの男性の40パーセント以上が浮気をしたことがあるという。しかし浮気とはなんだろう。男性も女性も浮気の定義として

データ

「男性と女性の68パーセントが浮気を夫婦の長続きの秘訣と考えている」。Gleeden.com、2011年5月。

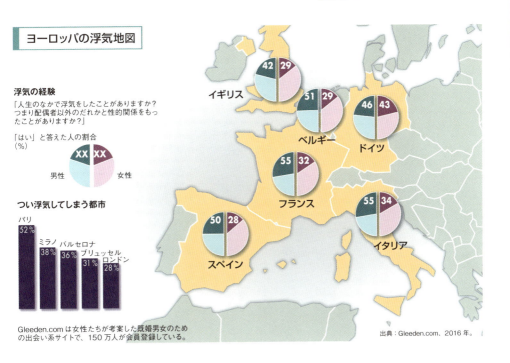

ヨーロッパの浮気地図

浮気の経験

「人生のなかで浮気をしたことがありますか？つまり配偶者以外のだれかと性的関係をもったことがありますか？」

「はい」と答えた人の割合（％）

XX 男性　XX 女性

つい浮気してしまう都市

パリ 52％
ミラノ 38％
バルセロナ 36％
ブリュッセル 31％
ロンドン 28％

イギリス 42 29
ベルギー 51 29
ドイツ 46 43
フランス 55 32
イタリア 55 34
スペイン 50 28

Gleeden.com は女性たちが考案した既婚男女のための出会い系サイトで、150万人が会員登録している。

出典：Gleeden.com、2016年。

性的関係を重要視している。つまり、別のだれかと恋に落ちても行動に移さなければ、別のだれかとキスをするより「深刻」ではないとみなされるのである。浮気にかんする女性の言い分も変化してきている。とはいえパートナーを裏切ることはできないと答えた女性は69パーセントで、男性の57パーセントよりずっと多く、浮気を許すと答えた女性は男性より少ない（男性58パーセントに対し女性53パーセント）。

ヨーロッパの浮気都市

Gleeden.comによれば、パリは典型的な浮気都市である。15万人以上のパリの男女は自分の欲望に忠実である。イタリアの2都市ミラノとローマは浮気している人の数がパリより3割ほど少ないものの全体では群を抜き、フランスのリヨンがそれに続く。この4都市がヨーロッパの四大浮気都市である。それ以外の都市では、結婚しているが浮気をしたことがある、あるいはしたいと思っている男女の割合はあきらかに少ない。

出張したとき、出来心で浮気してしまうこともある。ロマンティックで愛

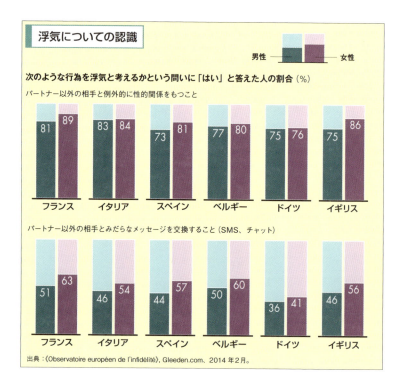

浮気についての認識

男性 ——— 女性

次のような行為を浮気と考えるかという問いに「はい」と答えた人の割合（％）

パートナー以外の相手と例外的に性的関係をもつこと

	フランス	イタリア	スペイン	ベルギー	ドイツ	イギリス
男性	81	83	73	77	75	75
女性	89	84	81	80	76	86

パートナー以外の相手とみだらなメッセージを交換すること（SMS、チャット）

	フランス	イタリア	スペイン	ベルギー	ドイツ	イギリス
男性	51	46	44	50	36	46
女性	63	54	57	60	41	56

出典：《Observatoire européen de l'infidélité》, Gleeden.com、2014年2月。

にあふれたイメージのあるパリは、浮気者たちの圧倒的支持を得ている出張先である。ミラノやバルセロナも、滞在中に配偶者を裏切りやすい都市である。ヨーロッパ北部にあるふたつの首都ブリュッセルとロンドンもひけをとらない。経済・財政の中心地であるのはもちろんだが、いまやだれもが認めるデザイン、アート、イノベーションの中心地であり、浮気心を誘う雰囲気をただよわせているのである。

浮気しているのはだれか

Gleeden.comで浮気をしているのは都会人たち（75パーセント）で、半数以上が35〜49歳である。金融界、マスコミ、エンジニアリング業界で働いているか、自由業である。いずれも職業別社会階層の上位にあり、責任者の地位についている。この階層は浮気を、プレッシャーやストレスや責務に追われる日常生活の活力源と考えている。息抜きというのは浮気の大きな理由となっている。そして、さまざまな出会いから新たなパートナーを見つけたいという願望にかろうじて打ち勝つ

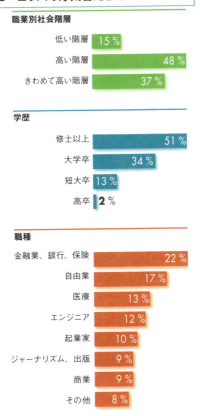

ヨーロッパの浮気者たちのプロフィール

職業別社会階層

- 低い階層 15 %
- 高い階層 48 %
- きわめて高い階層 37 %

学歴

- 修士以上 51 %
- 大学卒 34 %
- 短大卒 13 %
- 高卒 2 %

職種

- 金融業、銀行、保険 22 %
- 自由業 17 %
- 医療 13 %
- エンジニア 12 %
- 起業家 10 %
- ジャーナリズム、出版 9 %
- 商業 9 %
- その他 8 %

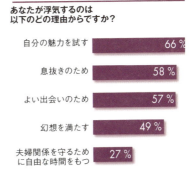

**あなたが浮気するのは
以下のどの理由からですか？**

- 自分の魅力を試す 66 %
- 息抜きのため 58 %
- よい出会いのため 57 %
- 幻想を満たす 49 %
- 夫婦関係を守るために自由な時間をもつ 27 %
- 退屈しのぎ 25 %
- 日常生活に刺激をあたえる 17 %

出典：Gleeden.com

のである。

　浮気をしている人々が浮気の理由を説明するために主張しているおもな理由は、さまざまな幻想を満たし、日常生活に刺激をあたえるためというだけではない。自分の性的魅力を試してみたいというのが、精力的な若年層の大きな浮気理由である。つまり自分磨きと自己実現が浮気のおもな動機となっている。性風俗が開放的になり、浮気についての論調も変化したことで、いまでは多くの男女が夫婦生活と自由な性生活を両立させている。

異郷へセックスをしに行く

　エキゾティスムは性本能をかきたてるので、セックスをしに異郷へ出かけていく習慣は広くおこなわれている。日常を離れたリゾート地に出かけて、開放的で浮かれた気分を満喫したいとだれもが願っている。ゲンズブールが歌った「海、セックスそして太陽」を彷彿させる海辺のリゾートは、「恋人と行く理想の旅行先」とされた。こうした習慣が古くからあり、共通の伝統文化のなかに根づいていることは、「スプリングブレイク」（春休み）、ゲイツアー、新婚旅行という３つの事例からうかがえる。これらはそれぞれ、年齢、性的指向、結婚にかかわる仲間を見つけようとする意志のあらわれである。

学生たちの「スプリングブレイク」

　アメリカでは、学生たちが冬の終わりに１週間の休みをもらう。伝統的に学生の多くが海辺の温暖な地域に向かう。フロリダ州フォートローダーデールは、1930年代から1985年まで旅行先として人気を博し、最盛期には35万人の若い男女がやってきて浮かれ騒いだ。しかしとくにアルコールの過剰摂取による行きすぎた行動が増えていったことから、当局は21歳未満の飲酒を禁止し、マスメディアで学生たちに来訪を思いとどまるよう訴えた。新たなメッカとなったパナマシティービーチをかかえるフロリダ州は、アメリカ東岸や南部の学生たちにとって、いまもスプリングブレイクの中心地でありつづけている。春休みの息抜きの地としてさらに南に足を延ばし、メキシコのカンクンやアカプルコを訪れる学生たちも多くなっている。2000年以降、こうした習慣はヨーロッパでも一般的になっている。スペイン・カタルーニャ州のリュレッド・ダ・マールと、クロアチアのノヴァリャというふたつの海水浴場が人気を集め、イギリス、フランス、ベルギー、スイスなどの学生たちが毎年数千人も訪れている。

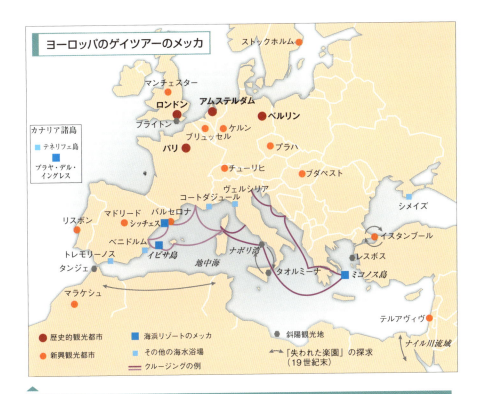

ヨーロッパのゲイツアーのメッカ

ストックホルム

マンチェスター
ロンドン　アムステルダム
ブライトン　　　　　ベルリン
　　　　　　ケルン
ブリュッセル
パリ　　　　　プラハ

カナリア諸島
■ テネリフェ島
プラヤ・デル・
イングレス

チューリヒ　　　ブダペスト

ヴェルシリア
コートダジュール
リスボン　マドリード　バルセロナ　　　　　　シメイズ
シッチェス
ベニドルム　　　　　　　　　　　　　　　イスタンブール
トレモリーノス　イビサ島　　　　　　　　　レスボス
タンジェ　　　　地中海　ナポリ湾
マラケシュ　　　　　　　タオルミーナ　ミコノス島

テルアヴィヴ
ナイル川流域

● 歴史的観光都市　　■ 海浜リゾートのメッカ　　● 斜陽観光地
● 新興観光都市　　　■ その他の海水浴場　　　←→ 「失われた楽園」の探求
　　　　　　　　　　　　クルージングの例　　　　　（19世紀末）

失われた楽園
　これは19世紀末からゲイ文化の中心にあった旅行のメタファーである。北ヨーロッパの異性愛文化のタブーから解放されたゲイの楽園が存在するという幻想にもとづくものであり、古代の同性愛文化のイメージを大きくふくらませたものだった。多くの芸術家や作家（フォン・グレーデン、フォン・プリュショー、ジッド、ワイルド、フォースター、モンテルランなど）が、失われた楽園を探しに地中海地域やオリエントへと向かった。そしてその作品をとおして、美少年たちと自由な性生活を送ることができる「異郷」が存在することを共有イメージのなかに植えつける役目を果たしたのである。いまでもゲイ観光産業ではこうした神話がよくもちだされる。

ゲイツアー、アイデンティティとセクシュアリティの受容

　もうひとつの顕著な例にゲイツアーがある。一部のカテゴリーの人々、つまり同性愛者たちが、旅行やクルージングをするなかで形成される仲間たちの輪にくわわることができるというも

のである。ゲイツアー関連の広告にはどれも、スプリングブレイクと同様に楽園のようなビーチの写真が使われている。異性愛カップルは、チュニジアのジェルバ島や、インド洋のモーリシャス島、トルコのボドルム、フランスのキャプ・ダグド、ドミニカ共和国のプンタカーナ、メキシコのアカプルコ

新婚旅行のおもな行き先

ヤシの木の下で「海、セックスそして太陽」

サファリや変化に富んだ景観を楽しむ

都会でロマンティックな気分にひたる

出典：新婚旅行専門旅行代理店
(unmondeadeux ; voyage-noces.com ; voyageursdumonde.fr)、2013年。

を訪れるが、ゲイたちは、エーゲ海に浮かぶミコノス島や、カナリア諸島のプラヤ・デル・イングレス、スペインのシッチェス、アメリカのプロヴィンスタウンやパームスプリングスやキーウェストを訪れるのである。おもにゲイフレンドリーな場所が旅行先に選ばれるのは、安全のためである。船は異性愛社会から距離をおきたいという願望を具現するものであり、自分のセクシュアリティを実践することができる旅行の一形態である。性的関係をもつことはゲイのアイデンティティを構成する重要な側面であり、気持ちが開放されるヴァカンス中はそれに最適である。セクシュアリティがゲイツアーの動機となっていることは当事者たちも認めている。ゲイクルージングを実践

しているのはおもに男性たちだが、型にはまったステレオタイプからはほど遠い、あらゆる年齢のさまざまな分野のゲイたちが集まる。

親密さのなかにある新婚旅行のセクシュアリティ

親元を離れて自立する儀式である新婚旅行は、イギリスやフランスでは19世紀はじめからおこなわれてきた。ハネムーンはいつまでも心に残るものでなくてはならない。なぜなら夫婦が性的な絆を結ぶ最初の期間となるからである。旅行先は人々がその土地に思い描くロマンティックなイメージによって選ばれてきた。ヨーロッパでは長いあいだ、鉄道の便がよいこともあっ

古くからの「スプリングブレイク」の習慣

パナマシティービーチ
サウスパドレ島
デイトナビーチ
フォートマイ　フォートローダーデール
サンルーカス岬　ヤーズビーチ　バハマ
マサトラン　バラデーロ
プエルトバヤルタ　カンクン　タークス・
カイコス諸島
アカプルコ
ジャマイカ　ドミニカ共和国

かつての人気観光地
◎ 1936－1985 年
◎ 1990－2000 年

現在の人気観光地
● 2000 年代はじめ以降

バルバドス

アメリカの「スプリングブレイク」

「スプリングブレイク」とは春休みのことである。1930 年代以降、学生たちが息抜きやストレス解消のために亜熱帯や熱帯のビーチですごすヴァカンスと結びつけられてきた。セックス、アルコール、無為安逸がヴァカンス成功の要素とされ、10 年ほど前からヨーロッパの学生のあいだでもこうした習慣が広まっている。

て、コートダジュールやイタリアが選ばれていた。今日でもこうした習慣は続いていて、どの新婚カップルも新婚旅行をおこなっている。旅行先はよりエキゾティックになり多様化しているが、夢のように美しい光景や目新しい光景が新婚旅行に魅惑をそえてくれるような、理想的な場所が選ばれつづけ

ている。砂浜と常夏の海と太陽をかねそなえている恵まれた場所のなかでも、とくにポリネシアやセイシェル、モーリシャス島、カリブ海地域はますます欧米の若者たちをひきつけるようになっている。ロッジ滞在やサファリを体験できる広大なアフリカもまた、人気の新婚旅行先である。

いまどきのナンパは
どこでおこなわれているか

　運命の人を見つけられなかったり、そのような人を求めていなかったり、失恋したりといったときに人はナンパをするかもしれない。しかし、メインパートナーへの愛情のあるなしにかかわらず、いつの時代にも移り気で浮気性でナンパ好きという者たちが存在した。人間は誘惑し誘惑される必要があり、欲情をいだき欲情をいだかれる必要がある。その目的を達するために、多かれ少なかれ巧妙な戦略を用いる。性風俗が開放的になり独身者の数が増えたことによってインターネット上に出会い系サイトがあらわれ、オーソドックスな実際の出会いの場にとって代わるまでにはなっていないにしても、潜在的な出会いの数を増やしている。

男性優位は終わりへ？

　ほんのひととき日常から離れてリラックスする夏のヴァカンスは、フラート（浮気者、フランス語の「言いよる

conter fleurette」に由来）にとって特別な期間である。とくに若い女性たちは、それ以外の期間には欲望をあからさまに示したり自由な性関係を求めたりできないことが多いだけになおさ

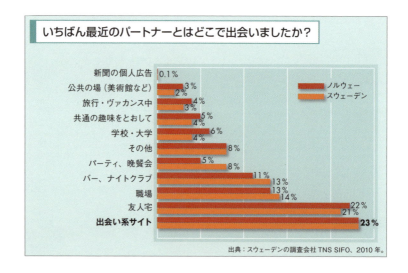

いちばん最近のパートナーとはどこで出会いましたか？

凡例：ノルウェー／スウェーデン

出会いの場	ノルウェー	スウェーデン
新聞の個人広告	0.1%	
公共の場（美術館など）	3%	2%
旅行・ヴァカンス中	4%	3%
共通の趣味をとおして	5%	4%
学校・大学	6%	4%
その他	8%	
パーティ、晩餐会	5%	8%
バー、ナイトクラブ	11%	13%
職場	13%	14%
友人宅	22%	21%
出会い系サイト		**23%**

出典：スウェーデンの調査会社 TNS SIFO、2010年。

データ
「ヨーロッパの独身者の33パーセントが出会いのためにインターネットを利用している」。フランスの出会い系サイト「ミティック」、2010年。

らである。というのもセクシュアリティにはまだジェンダーによる性差があり、異性愛者のなかで両性は非対称的である。男性と女性、男子と女子は果たすべき役割も違い、占めるべき位置も異なる。男性はとくに強さや権力をとくに財政面で誇示する戦略をとるが、女性は容姿を武器にする。家父長制がまだ顕著な社会では、女性はあばずれ女と思われないように受け身でいなければならない。

しかし数十年前からヨーロッパでは、こうした基本路線が見なおされてきている。それは避妊薬の出現や妊娠中絶の合法化などに代表される女性解放によるものだ。いまではコンプレックスから解き放たれ、むしろ積極的にナンパをすることをためらわない若い女性たちもいる。自由な時間が増えて、集団より個人が尊重される現代では、だれもが多くの性体験や恋愛経験をもてるようになっている。それはとくにテクノロジーが大きく変化したおかげでもある。

素敵な出会いの機会を逃さないで！

フランスの出会い系サイト「ミティック Meetic」のキャッチコピーがそうよびかける。インターネットとともにナンパは次元を変えた。バーチャル空間では、一晩あるいはもう少し長くともにすごす相手を、現実の世界よりも簡単にかつすばやく見つけることができる。バーやディスコのような夜遊びスポットは、つねにナンパや交歓に最適の場所だった。大都市には、このような歓楽街がいくつもあった。たとえばパリでは、バーのあるオベルカンプ、ディスコのあるシャンゼリゼやサン＝ジェルマン＝デ＝プレが、異性愛のとくに若者たちのナンパの場となっている。

しかしインターネットとともに出会うための手段がすっかり変化した。結婚紹介所の現代版である出会い専門サイトは、欧米諸国の独身者の増加に乗じて大成功をおさめている。ヨーロッパの成人の45パーセントは独身であり、フランス在住の成人の27パーセントはインターネットを利用してデートの相手を探している。2000年から2006年までのあいだに、セックスパートナーあるいは恋愛相手を見つけるためにインターネットを利用する40歳代のフランス人の数は25パーセント増えた。スウェーデンでは、アンケ

ートに答えた人の23パーセントが、インターネットをパートナーを見つける最良の手段と考えていた。友人関係からと答えたのは21パーセント、仕事関係からは14パーセント、バーやディスコなどの夜遊びスポットで見つけるという人は13パーセントにすぎなかった。2014年11月には140万人のユーザーが、すくなくとも1回は「ミティック」にアクセスしていた（2015年には月間800万近い訪問者数だった）。「ミティック」は、2005〜2010年にこのサイト上で出会ったカップル20万組が結婚し、2001〜2007年に出会ったカップルから6万人の赤ちゃんが誕生したとして

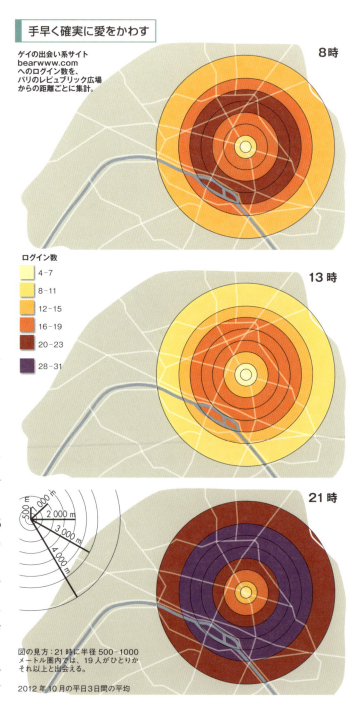

手早く確実に愛をかわす

ゲイの出会い系サイト
bearwww.com
へのログイン数を、
パリのレピュブリック広場
からの距離ごとに集計。

8時

ログイン数

- 4-7
- 8-11
- 12-15
- 16-19
- 20-23
- 28-31

13時

21時

図の見方：21時に半径500-1000メートル圏内では、19人がひとりかそれ以上と出会える。

2012年10月の平日3日間の平均

いる。

「MEC CHO ACT CH PLAN Q NOW」

性別コンプレックスから解放されているゲイたちが、インターネットという新たな手段の評論家にとどまることはなかった。フランスでは18〜25歳のゲイのうち96パーセントが、インターネットを最良の出会いの手段と考えている。彼らはインターネットのおかげで、自分の性的指向について周囲に疑われることなくパートナーを探すことができるのである。局地化したゲイのための出会い系サイトも発達していて、スマートフォンでリアルタイムに相手の位置情報を調べたり、写真を見たり希望時間や好みを知ることもできる。そのエリアは、ユーザーたちが同時に捕食者にも獲物にもなる広大な狩猟場と化している。

このようなアプリは、面倒な手続きなしにてっとりばやく性的関係をもつことを目的にしたものである。このロジックは、匿名、迅速、簡単、浅薄という社会のロジックとぴったり一致している。ネット上でのゲイのパートナー探しには隠語が用いられている。「plan direct」、「pics」は「photographies（写真）」であり、「act」は「actif（男役）」、「pass」は「passif（女役）」、「ch」は「cherche（探す）」といったぐあいである。

2015年には1000万人以上がゲイたちのお気に入りアプリ、「グラインダー（Grindr）」を利用し、3分の1にあたる400万人がアメリカで暮らす人々だった。ここでは毎日700万のメッセージと、200万の写真がやりとりされている。2012年にロンドンオリンピックの選手たちが到着したときにはアプリが飽和状態になったほどだ。このような新しいツールが出現しても、ゲイたちにとって大都市が特別な場所であることに変わりはない。ハントする人とされる人をへだてる距離がほかの場所よりもより小さく、あきらかに人口密度が高い。たとえばパリには20万人の「グラインダー」登録者がいる。ここでの出会いが継続的な関係や恋物語に発展しているかはわからないが、そういうことはあまりなさそうである。それに、サイト上でのバーチャルな出会いの増加は、逆説的にユーザーにかなりの欲求不満や失望をもたらしていると考えられる。大量の登録者がいることで選別がより厳しくなっているからである。

出会い系サイト、
ひとつの出会いの場

フランスでは20年ほど前に初期の出会い系サイトがあらわれた。それ以来、異性愛者からも同性愛者からもアクセスが増えつづけている。カップリング・パーティやセックス・フレンドなど出会いの手段は多様化しているが、出会い系サイトが性的関係への新たな手段をもたらしたことでさらに様相が複雑化している。なぜならこうしたサイトは社会的ネットワークから離れたところでひそかに誘惑行為をおこなうことを可能にするからである。とはいえ、ほかの出会いの場がそうであるように、ステレオタイプの男女観を踏襲していることに変わりはなく、圧倒的に男性優位の空間となっている。

だれが出会い系サイトに
アクセスしているか

出会い系サイトはフランスでもますます広まっていて、この5年間でサイトが倍増している。異性愛者のためのサイトのほとんどは、男女の登録数が半々であると主張する。しかし、実際には男性63パーセントに対して女性37パーセントとつねに男性のほうが多く、あきらかな不均衡を示している。出会い系サイトに登録しているのは大半が独身者であり、広告でもそれを売りにして継続的な恋愛関係を築けることをそれとなくにおわせている。ところが現在、サイト登録者10人のうち3人は既婚者である。利用しているのは35歳以下の若者が多いことに変わりはない（50～69歳が31パーセント

であるのに対して50パーセント）。だれでも利用できるほかの出会いの場と同じように、こうしたサイトは庶民階級によって占められやすいといえるだろう。富裕層は学校や職場などの専用の場や、仲間内で集まる家などの私的な場を重視するからである。それでもこうしたバーチャルな出会いの空間が、性愛の新たな行動をリードする大都市（登録者の46パーセントがパリ都市圏、

データ

「フランス人の4割が出会い系サイトに登録しているが、男性が63パーセントで、女性は37パーセントである」

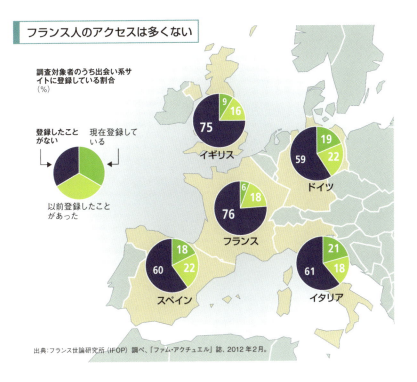

フランス人のアクセスは多くない

調査対象者のうち出会い系サ
イトに登録している割合
（％）

登録したこと　現在登録して
がない　　　　いる

以前登録したこと
があった

イギリス　9　16　75

ドイツ　19　22　59

フランス　6　18　76

スペイン　18　22　60

イタリア　21　18　61

出典：フランス世論研究所（IFOP）調べ、「ファム・アクチュエル」誌、2012年2月。

31パーセントが地方）によく似た、やや特権的な場であることに変わりはない。

一夜かぎりの出会いと
仮想の性的やりとりの場

　さまざまな出会いのプラットホームは社会通念とは裏腹に、とりわけ若者たちのあいだで「フックアップ・カルチャー」とよばれる一夜かぎりの関係を助長している。サイトに登録しているフランス人のうち、一夜かぎりのアヴァンチュールを求めているのは、2012年には22パーセントにすぎなか

ったが、現在では38パーセントにのぼる。過半数（55パーセント）の人が、サイトをとおして出会った相手と最初のデートですぐに性的関係をもったと打ち明けている。つまりサイトでは、性的な関係に移行するまでの期間がきわめて短いことがわかる。また、サイバーセックスとよばれる新しい性的体験を容易にする、まさにバーチャルな空間を構成しているのもこうしたサイトである。そこではたとえば、半裸や全裸の写真や自分の性器の写真（dickpic）を送りあうセクスティングなどの行為がおこなわれている。サイトの匿名性が、ほかではおそらく試み

「フックアップ・カルチャー」

出会い系サイトで知りあった相手と、実際のデート
をする機会がありましたか？

（出会い系サイトにアクセスしたことがある人への質
問、2015年4月）

「いいえ、一度も」 32%

「はい」 68%

「はい、でも一度だけ」 21%

「はい、何度か」 47%

出会い系サイトで知りあった相手との最初のデートで次のことを
しましたか？

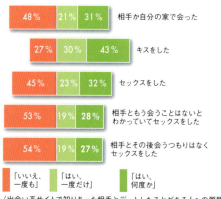

48%	21%	31%	相手か自分の家で会った
27%	30%	43%	キスをした
45%	23%	32%	セックスをした
53%	19%	28%	相手ともう会うことはないとわかっていてセックスをした
54%	19%	27%	相手とその後会うつもりはなくセックスをした

「いいえ、一度も」　「はい、一度だけ」　「はい、何度か」

（出会い系サイトで知りあった相手とデートしたことがある人への質問、
2015年4月）

意識の変化

もしあなたが独身なら出会い系サイトに登録する
つもりはありますか？

「いいえ」　まったくない　たぶんない
「はい」　もちろん　たぶん

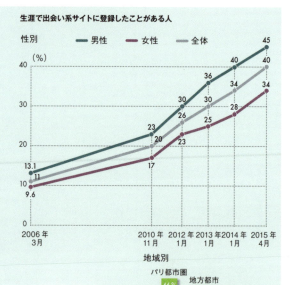

2004年
3% / 11% / 19% / 67%

2012年
11% / 29% / 30% / 30%

出典：《Observatoire la rencontre en ligne》, Ifop/CAM4.fr

生涯で出会い系サイトに登録したことがある人

性別　　男性　　女性　　全体
（%）

男性：13.1 / 23 / 26 / 30 / 36 / 34 / 40 / 45
全体：11 / 20 / 23 / 30 / 34 / 40
女性：9.6 / 17 / 23 / 25 / 28 / 34

2006年3月　2010年11月　2012年1月　2013年1月　2014年1月　2015年4月

地域別

パリ都市圏 46%　地方都市 41%　農村部 31%

られたことがなかったような性的遊戯
体験への展望を切り開いたのである。
愛やカップルというイメージをよせつ
けないこのような空間に対してはしば
しばスーパーマーケットのたとえが用
いられ、つかのまの性的行為や、この

ような「サービス」の商業的側面が非難の対象となっている。

ほかの国よりひかえめなフランス

　現在フランスには2000近くの出会い系サイトがあり、フランス人の過半数（57パーセント）がこうしたサイトを、出会いの場のひとつと考えている。とはいえ、ドイツやスペイン、イタリアよりは登録数が少ない。フランスでは出会い系サイトに一度も登録し

たことがないという人が約76パーセントを占めている。これはイギリスとほぼ同じである。サイトでだれかと出会ったフランス人のうち46パーセントはそのことを気楽に周囲に話すが、18パーセントはまったく話さず、36パーセントは話すがためらいを感じる。このようなブレーキはあるパラドックスをきわだたせる。つまり、いまだにタブーとされている出会い系サイトへのアクセスが、一方で内面の性的想像世界や風俗を一変させる革新的な行為であるということだ。

まとめ

　ヨーロッパの性愛は数年前から、カップルの崩壊そして不実な愛へと変化している。今日のカップルはかつてのカップルとは異なり、世代による考え方の違いもきわだっている。欧米社会の意識はライフスタイルとともにすっかり変化した。ステップファミリー（子づれ再婚家庭）やシングルペアレントの増加、多様な性的指向をふくむ新たな形のパートナーシップの広がり、アムール・ア・トロワやポリアモリーのような新たな性的行為の試みなどによって、愛や性や家族のあり方が幅広く認められるようになった。永遠の愛はもう共通の理想ではない。何人もの相手と性愛生活を送る人の数は目に見えて増加し、このような多重生活はもはや隠し事ではなくなっている。欲望をすぐに満足させるライフスタイルが定着しているいまの消費社会では、堂々とまかりとおってもいる。テレビのチャンネルを次々と切り替えるように急速に変化するスピードと即時性の社会では、他人はモノとなる。

　ヨーロッパのほとんどの国では結婚がしだいに減少し、離婚がますます増えている。離婚の4分の3は女性からの申し出である。デンマーク、ラトヴィア、リトアニアでは2013年に人口1000人あたりの離婚率が約3.5で、ヨーロッパでもっとも高い。ヨーロッパ南部ではとくにギリシア、イタリア、クロアチアでの人口1000人あたりの離婚率が1をやや上まわる程度でもっとも低い。しかしヨーロッパで離婚率がもっとも低く（人口1000人あたり0.7）、夫婦関係がもっとも長続きしているのはアイルランドである。アイルランドでは1995年まで離婚が法律で認められていなかった。ちなみにヨーロッパでもっとも遅れて（2011年7月）離婚が合法化された国はマルタ共和国である。現在ヨーロッパで離婚が禁じられているのはヴァティカン市国だけであり、世界のヨーロッパ以外の国ではフィリピンだけが禁じている。

　フランスやドイツ、オランダで離婚率が比較的低いのは（1000人あたり2）、おそらくユニオン・リーブル、つまり事実婚や、パックスのような新しい公的パートナーシップ制度があるからだろう。結婚に代わる制度としてしだいに広まっているパートナーシップ制度は、結婚していないカップルにますます多くの権利を認めている。しかし制度化された時期や仕組み、法的地位の違いがあるので、それらの制度を検証し、変遷を追うことは困難である。こうした状況のなかで、婚外子の割合は、伝統的モデルの両親から生まれた子と比較してヨーロッパで起

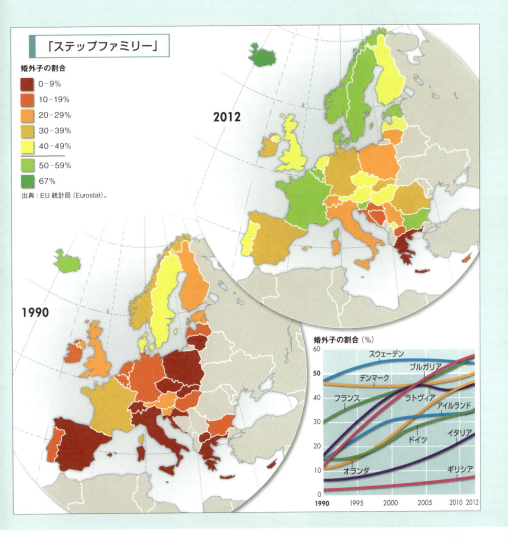

こっている変化を調べることができる最
適なデータとなっている。婚外子の割合
は、1990年に17.4パーセントだったのが
2012年には39パーセントとこの20年で2
倍以上になった。EU統計局（Eurostat）
によれば、ヨーロッパのほとんどすべて
の国で婚外子の割合が増えている。エス

トニア、スロヴェニア、ブルガリア、ス
ウェーデン、フランスでは、婚外子が過
半数を占めている。婚外子の割合がもっ
とも低いのはギリシア（2011年に7.4パ
ーセント）とキプロス（2011年に16.9パ
ーセント）である。

「ステップファミリー」

婚外子の割合

- 0-9%
- 10-19%
- 20-29%
- 30-39%
- 40-49%
- 50-59%
- 67%

出典：EU統計局（Eurostat）。

2012

1990

婚外子の割合（%）

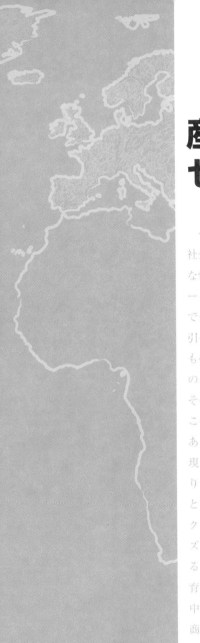

産業とお金と
セックス

　セクシュアリティはもうかる商売として、闇
社会のグローバル化に荷担している。このよう
な性の産業化を組織しているのは犯罪ネットワ
ークやマフィアであり、世界の貧困につけこん
で金融王国を築いているが、その利益は麻薬取
引や武器取引によって生み出される利益に次ぐ
ものである。こうした産業の中心を占めている
のは売春、ポルノグラフィー、人身売買であり、
その世界的な流れは増加の一途をたどっている。
このようなセクシュアリティの商品化を数量で
あらわして明確にとらえるのはむずかしいが、
現在のどの統計も同じことを示している。つま
り女性や少女たちが犠牲になっているというこ
とである。この章では、遊びという側面でのセ
クシュアリティの商品化、とくにアダルトグッ
ズとその使用法の変革についての資料を提供す
る。今日のアダルトグッズは、より都会的で教
育がある人々や女性客に訴えかけることで、町
中やインターネット上に店をかまえるりっぱな
商品となっている。

売春──法と実態

　売春は世界的規模で拡大し、その収益は年間数百億ドルにのぼるとみられている。金銭と交換されるこのような性的サービスの供与はおもに女性たちによっておこなわれ、男性によって消費されている。これにかんする法制は国によってさまざまである。ヨーロッパ諸国でみられるおもな構図は、売春という職業活動の法制化を支持する立場と、人身売買の数を根拠として売春は犯罪組織に支配された人間の尊厳を傷つけるものだとみなす奴隷制廃止論者の対立である。

数字が示すもの

　売春撲滅を訴える公益財団「フォンダシオン・セル（Fondation Scelles）」の初年度の報告書によると、世界で4000 〜 4200万人が売春をし、その90パーセントが斡旋業者の管轄下にある。女性や少女が大多数を占め（80パーセント）、売春婦の75パーセントは13 〜 25歳、売春をはじめた平均年齢は13 〜 14歳である。いまでは売春婦の半数が未成年のうちにこの仕事をはじめるので、売春は増加の一途をたどっている。西欧では100 〜 200万人が売春に従事しているが、その大半は人身売買の犠牲になった移民女性である。

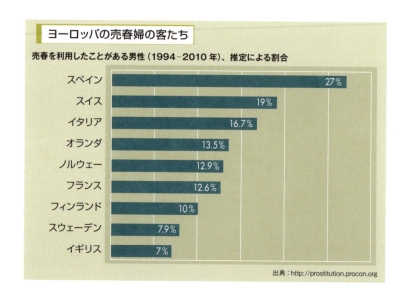

ヨーロッパの売春婦の客たち

売春を利用したことがある男性（1994–2010 年）、推定による割合

国	割合
スペイン	27%
スイス	19%
イタリア	16.7%
オランダ	13.5%
ノルウェー	12.9%
フランス	12.6%
フィンランド	10%
スウェーデン	7.9%
イギリス	7%

出典：http://prostitution.procon.org

世界の売春にかんする法制

データなし

売春が合法とされ規制されている

売春が合法とされ規制がないが組織的活動（売春宿、売春斡旋業）は違法

売春自体は違法とされる　　★ 客は罰せられるが売春婦は罰せられない

出典：フォンダシオン・セル。ウィキペディア
〈Prostitution laws of the world〉、2016年。

　10年ほど前から売春市場は急拡大してきた。売春斡旋業者によって組織されたネットワークは人身売買もおこない、女性たちを買いとったり転売したり誘拐したりしている。女性たちはレイプされ麻薬中毒にされたうえで市場に出されるという「飼いならし」をへて、各国間を移動させられる。「フォンダシオン・セル」によれば、この組織犯罪は年間280億ドル近い利益を得ているとされる。売春の大半が強制されたものであることは、フランスで裁判所に訴えられた売春斡旋業者の数や、解体された組織の数によって証明されている。2010年には475人が売春斡旋により有罪宣告を受け、約30の犯罪組織が解体されている。こうした組織の大部分は国外を拠点とする組織で、犠牲となっているのはバルカン半島、中央アフリカ、北アフリカ、南アメリカ出身者たちである。フランス司法省の統計によれば、有罪を宣告されたうちの30パーセントが女性である。元売春婦である彼女たちは大半がナイジェリア人で、フランスとナイジェリアをひんぱんに行き来して個人的に人をつのっていた。「マダム」あるいは「ママ」とよばれるこうした女性たちは、独立事業者かあるいは小さな犯罪組織網に属している。

法が示すもの

　ほとんどの国では売春が禁止されているが、現実ははるかに複雑である。法律家の意見は大きく３つの傾向に分かれる。

　規則万能主義は売春をほかの職業活動とまったく同様に合法とする立場である。ヨーロッパでは、プロテスタントが主流のオランダ、ドイツ、スイスだけでなくオーストリアでも売春が合法とされ、売春宿がその受け皿となっていることが多い。

　奴隷制廃止主義は、売春が人間の尊厳を侵害するものであるとみなし、あらゆる法制化を拒否する。なぜなら、人身売買組織網にかかわるケースが圧倒的多数を占めているからである。ス

ウェーデン、ノルウェー、アイスランドという３つのプロテスタント国は、ヨーロッパで最初に売春を禁止した国々である。違反した場合に罰せられるのは顧客のほうである。なぜなら男娼や娼婦は処罰に値しない犠牲者とみなされるからだ。売春斡旋業者やその顧客がいなければ売春は存在しないので、1999年にスウェーデンは買春行為を犯罪とし、売春行為は犯罪とみなさない法律を定めた。罰金は客の給与に比例し、禁固刑は６か月以上におよぶこともある。

　禁止主義はこの分野にかかわるあらゆる形態の売春や広告を禁じようとする立場である。アメリカでは多くの州でこのシステムが現におこなわれている。ラオス、モンゴル、ネパール、中国など多くのアジア諸国や、エジプト、モロッコ、サウジアラビア、イエメンなどのアラブ諸国では、客も売春婦も罰せられる。

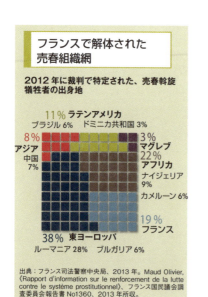

フランスで解体された売春組織網

2012年に裁判で特定された、売春斡旋犠牲者の出身地

11% ラテンアメリカ
ブラジル 6%　ドミニカ共和国 3%

8% アジア
中国 7%

3% マグレブ

22% アフリカ
ナイジェリア 9%
カメルーン 6%

19% フランス

38% 東ヨーロッパ
ルーマニア 28%　ブルガリア 6%

出典：フランス司法警察中央局、2013年。Maud Olivier, 〈Rapport d'information sur le renforcement de la lutte contre le système prostitutionnel〉、フランス国民議会調査委員会報告書 No1360、2013年所収。

男性向け性的娯楽施設が
示すもの

　売春や性風俗店が目につくのは都市のとくに繁華街である。こうした地区は、かつて売春宿のしるしが赤いランプだったことにちなんだ「レッドライト・ディストリクト」という呼び名で、世界的に知られている。売春が合法とされている国にあるこうした地区では、性的サービスが合法的に提供されている。性風俗店や売春が違法とされているそれ以外の国では、客も売春婦も刑罰を受けかねない危険に身をさらしている。アムステルダムのデ・ワレンやパリのピガールはヨーロッパでもっとも象徴的な地区であり、観光ツアーにも組みこまれるほど世界に名をとどろかせている。

　インターネットの急激な普及によって売春はまざまな場所に広がり、その拠点は街頭から住居、その他の場所へと移っている。こうした変化とともに客と売春婦との関係も変化し、エスコートガールやコールガールといった性的サービスの売買が見なおされているという印象ももたれている。パブリックスペース以外の場所への移動は、住民たちからの苦情に答えてこうした活動を禁じ、かかわりのある地区の再評価につなげようとする議員たちの政治的な不動産戦略の結果でもある。たちのいた街娼たちは都市辺縁部に向かう。商業地区周辺に集まった売春婦たちは小型トラックのなかで客を待っている。このような新たな領域に広がった売春は、警察の監視や税金の支払いを容易にすりぬけるとともに、売春婦を支援しようとする団体にとっても把握しづらくなっている。

売春と女性売買
——移住の闇の側面

> 人身売買というのは、女性や男性や子どもを性的搾取や強制労働のために違法に取引することである。現代のグローバル化した社会において、人身売買について語らずに売春について語ることはできない。なぜなら売春婦のほとんどは犯罪組織によって搾取されているからだ。一方では国境開放やインターネットの急激な発展、他方では戦争や貧困が、売春斡旋業者と被害にあう者との結びつきを容易にしている。ヨーロッパでは、ベルリンの壁崩壊以降に急増した犯罪組織が売春斡旋をとりしきり、莫大な利益を得ている。

現実

人身売買は昔からたえずおこなわれてきたことではあるが、国際間の移動にかんする規則があらためられたことにより、この20年間で未曾有の広がりを示している。ほとんどの国が送出国（127か国）、中継国あるいは受入国（137か国）としてこの取引にかかわっている。被害者の79パーセントが性的搾取を受けており、そのうち98パーセントは女性や少女である。世界全体で200万人近い女性たちが売春組織によって売買されているが、斡旋者の46パーセントは被害者の親族である。

データ

「人身売買の被害者250万人がもたらす利益は年間280億ドル以上と推定される。被害者の79パーセントは性的搾取のために取引されている」。国際労働機関（ILO）、2006年。

ヨーロッパでの取引急増

1990年以来、国際的な犯罪組織による女性売買は増加しつづけている。おもな送出国はブルガリア、ルーマニア、ロシアなど、おもな受入国はベルギー、ドイツ、イタリア、オランダ、フランスなどであり、その流れは東から西へと向かっている。ヨーロッパの移民売春婦の70パーセントが中・東欧出身の女性たちで、2007年にルーマニアとブルガリアが欧州連合に加盟

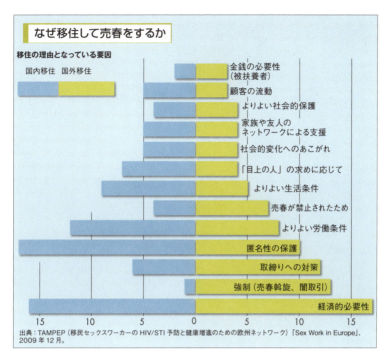

なぜ移住して売春をするか

移住の理由となっている要因

国内移住　国外移住

金銭の必要性（被扶養者）
顧客の流動
よりよい社会的保護
家族や友人のネットワークによる支援
社会的変化へのあこがれ
「目上の人」の求めに応じて
よりよい生活条件
売春が禁止されたため
よりよい労働条件
匿名性の保護
取締りへの対策
強制（売春斡旋、闇取引）
経済的必要性

15　10　5　0　5　10　15

出典：TAMPEP（移民セックスワーカーのHIV/STI予防と健康増進のための欧州ネットワーク）「Sex Work in Europe」、2009年12月。

してからは、性的搾取を目的として移住させる女性の数が4倍になった。2005年に移民にかんする新たな枠組みが定められたにもかかわらず、ラテンアメリカ出身の売春婦の数は増加し、ヨーロッパで性産業に従事する移民の11パーセントを占めている。一方でアフリカやアジア出身の売春婦の数はそれぞれ、14パーセントから12パーセントへ、5パーセントから3パーセントへと減少している。

街娼とネット売春

　現代のコミュニケーション手段は、セクシュアリティ過剰な社会の姿を目立ちにくくしている。インターネットでの勧誘がさかんにおこなわれ、オンラインの売春マーケットも存在するといわれている。募集広告では娼婦のキャリアがきらびやかに掲示され、いかがわしいイメージのあるふつうの売春とはほど遠い、魅力的な側面ばかりが強調されている。セキュリティーと匿名性が保障された高級サービスを提供するエスコートガールは、差別化をはかることでインターネットで広まった。フランス警察の人身売買取締中央部（Ocreth）によれば、娼婦の80パーセントは外国人で、街娼はルーマニア人、ブルガリア人、ナイジェリア人、インターネット上ではウクライナ人、ブラ

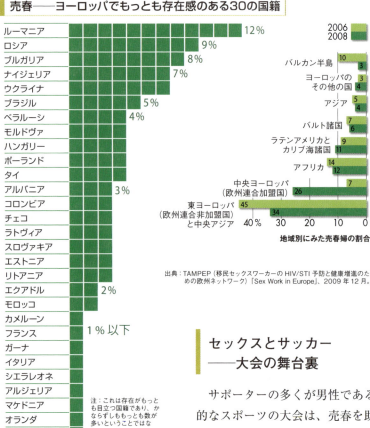

売春——ヨーロッパでもっとも存在感のある30の国籍

国籍	割合
ルーマニア	12%
ロシア	9%
ブルガリア	8%
ナイジェリア	7%
ウクライナ	7%
ブラジル	5%
ベラルーシ	4%
モルドヴァ	
ハンガリー	
ポーランド	
タイ	
アルバニア	3%
コロンビア	
チェコ	
ラトヴィア	
スロヴァキア	
エストニア	
リトアニア	
エクアドル	2%
モロッコ	
カメルーン	
フランス	1%以下
ガーナ	
イタリア	
シエラレオネ	
アルジェリア	
マケドニア	
オランダ	
トルコ	

注：これは存在がもっとも目立つ国籍であり、かならずしももっとも数が多いということではない。

2006
2008

地域	2006	2008
バルカン半島	10	3
ヨーロッパのその他の国	3	4
アジア	5	4
バルト諸国	7	6
ラテンアメリカとカリブ海諸国	9	11
アフリカ	14	12
中央ヨーロッパ（欧州連合加盟国）		7
		26
東ヨーロッパ（欧州連合非加盟国）と中央アジア	45	34

地域別にみた売春婦の割合

出典：TAMPEP（移民セックスワーカーのHIV/STI予防と健康増進のための欧州ネットワーク）「Sex Work in Europe」、2009年12月。

ジル人が多い。またヨーロッパ諸国では、女子学生たちが生活費を稼ぐためにインターネットで売春をつのっているが、そうしたこともこの市場の急拡大を象徴している。しかし最近、ネット上で高級娼婦市場を渡りあるいていた売春斡旋組織がいくつか解体されたことで、こうした仕事がもはや世界的な犯罪組織からのがれることはないということが明らかになった。

セックスとサッカー ——大会の舞台裏

サポーターの多くが男性である国際的なスポーツの大会は、売春を助長するものでもある。寛大な当局が売春をあらかじめ手配するような事例も増えている。2006年にドイツで開かれたサッカーワールドカップでは、スタジアムのすぐそばに性風俗店街がつくられた。「巨大売春宿」とよばれる3000平方メートル近い敷地がベルリンに設けられ、一日650人もの客を受け入れた。性的サービスを提供するのは中央ヨーロッパやバルカン半島からつれてこられた数千人の女性たちであった。2010年に南アフリカで開催されたサ

ッカーワールドカップでも同様のことがおこなわれた。主催者側はサポーターの20パーセントが性的観光をすると見越して、約10億個のコンドームを発注した。ふだんいるとされる10万人の売春婦にくわえて4万人が不足を補うために呼びよせられた。

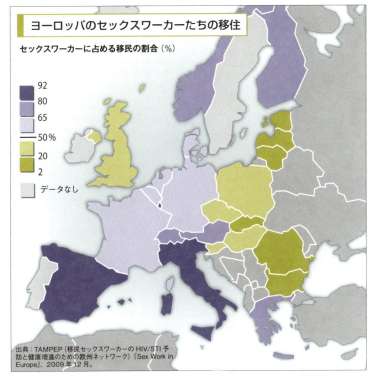

ヨーロッパのセックスワーカーたちの移住

セックスワーカーに占める移民の割合（％）

- 92
- 80
- 65
- 50%
- 20
- 2
- データなし

出典：TAMPEP（移民セックスワーカーの HIV/STI 予防と健康増進のための欧州ネットワーク）「Sex Work in Europe」、2009 年 12 月。

ナイジェリア女性の売買──ブードゥー教がかかわるとき

　ヨーロッパ向けのナイジェリア女性の売買では、おもにイタリア、フランス、スペイン、ギリシアが受入国となっている。この場合、被害女性が全面的に密売人に依存するように仕向け、そしてのちには買受人に依存させるという戦略がとられる。移動費用は返済すべき借金となり、5万ユーロにのぼることもある。人身売買の被害者の多くは農村地域出身で、家庭内暴力や経済的困難にみまわれている女性たちである。たいていの場合、近親者が斡旋をする。その多くはかつて売春婦だった女性たちで、ブードゥー教の儀式にならって家族や被害者に圧力をかける。それは被害者がこれから属することになる組織に身をゆだね従うように仕向ける儀式である。つまり契約を破ったり守らなかったりすればその身に危険がおよぶとおどすのである。

セクシュアリティと
さまざまな技巧

欧米社会では30年ほど前から、快楽主義や性的成熟がもてはやされているが、昔ながらのポルノショップは悪評から抜け出せてはいない。いまではウェブサイトや、より魅力的な新顔の店舗が、男女をとわず好奇心にあふれた客たちに新しい遊具を提供し、ポルノショップを時代遅れのものにしている。こうした現象は女性の自立が進んでいることのあらわれであり、グラビアに裸同然の姿で写っていたピンナップガールは遠い昔のことのように思われる。

性的貧困者のための店舗

21世紀のいま、ポルノショップはもはや時代遅れである。ポルノショップは北欧が発祥で、わいせつ本を売っていた店が、1960年代末の性解放を受けて顧客のために商売替えをしたのがはじまりである。それ以来ポルノショップは「昔ながらの」エロティック雑誌にくわえ、さまざまな道具や器具（ダッチワイフ、人工ペニス、バイブレーターなど）、「魔法の」秘薬や丸薬、ポルノ映画などを提供しているが、客はほとんど男性である。

パリのポルノショップについて調査した社会学者のバティスト・クルモンは、こうした変化が社会の画一化にともなうものであることを明らかにした。1970年にはわずか1店舗だったが、その後31店舗になっている。現在、

欧米諸国ではすべての大都市と多くの中規模都市にポルノショップがある。昔から好色そうな男のたむろする場所とされていた駅前地区にあることが多い。パリでは、昔から売春の中心地だったピガール街やサン＝ドニ通りにこうした店が増えていった。それ以来、ポルノショップのオーナーたちと、「良俗」と未成年者の精神的健康を守る責任者である行政当局とのあいだで、はてしない戦いがくりひろげられてい

データ

「パリにある『秘められた宝飾品』専門の宝石店は、117個のダイヤモンドをはめこんだ金の性具を4万ユーロで売っている」。「フィガロ」紙、2012年。

パリのポルノショップ

ピガール／クリシー通り

パリ北駅

サン＝ラザール駅

パリ東駅

ブーローニュの森

サン＝ドニ通り

リヨン駅

ゲテ通り

ヴァンセンヌの森

● ポルノショップ（2004 年）

ポルノショップが集中する3つのおもな地区

3 km

出典：Baptiste Coulmont, université Paris 8 (http://coulmont.com/blog)

る。政権交代や諸団体の圧力によって判例は二転三転する。1973年にはフランスで、ポルノショップのショーウインドウを不透明なものにし、大きくてあまり美しくない文字とけばけばしい照明で客寄せをおこなうことがオーナーたちに義務づけられた。そのためこうした店のイメージはますます悪化したのである。ポルノ専門の映画館がしだいに姿を消すと、ポルノショップはポルノビデオの専門店となり、個室での映画鑑賞もできるようになった。モロッコでは2012年に最初のポルノショップがオープンしたが、エロティックな道具を販売することは認められていなかったのである。北欧諸国ではポルノショップが性解放の標識であることに変わりはないが、イメージの低

下や古くさい美学、好色な独身男性の集まるところという悪評によって、今日のポルノショップは欧米の性的貧困者からの搾取を象徴するものとなっている。

娯楽的セックスのために

2010年はじめ、フランスでカトリック系のふたつの家族会がアダルトグッズの店に反対する法廷闘争に勝利した。これによりこうした事業の増加の速度がゆるんだともいえる。原告側は、学校から200メートル以内で「わいせつなもの」の店を開くことを禁じた2007年の法を援用した。パリの場合、学校が密集しているので、この法を適用すればこれらのほとんどの店舗が姿

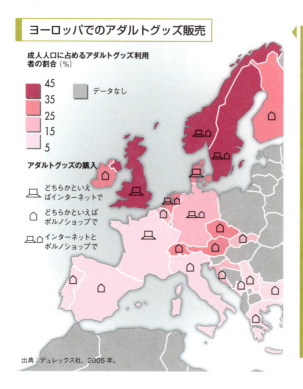

ヨーロッパでのアダルトグッズ販売

成人人口に占めるアダルトグッズ利用者の割合（%）

- 45
- 35
- 25
- 15
- 5
- データなし

アダルトグッズの購入

- どちらかといえばインターネットで
- どちらかといえばポルノショップで
- インターネットとポルノショップで

出典：デュレックス社、2005年。

利用の大きな広がり

デュレックス社のアンケート調査は、世界41か国の成人30万人以上を対象に実施された。回答者の4分の1近く（23パーセント）はアダルトグッズを利用したことがあると答えている。北欧ではアダルトグッズの利用が広まっていて、とくにイギリス、ノルウェーでは40パーセント以上が利用者である。平均して、回答者のほとんどがアダルトグッズをポルノショップ（54パーセント）かインターネット（42パーセント）で買っている。ただしその行動は国により異なり、ノルウェー人やデンマーク人はとくにインターネット（65パーセント以上）で買っているが、スペイン人やクロアチア人はポルノショップ（70パーセント以上）を好む。

を消すことになるだろう。これは商業の自由の原則にも反するように思われる。とりわけ、この案件は道具のわいせつ性の定義の問題も提起しているが、立法者はこの定義について検討するのを怠っていた。

　ここでとりあげた店舗はポルノショップではない。ラブショップとよばれることもあるこうした店は、不評をかっていた昔ながらの店とは逆のタイプとして発展したもので、もっと若く、より高い教育を受け、より解放された顧客、とくに女性客向けである。商品カタログのバイブレーターをこっそり

注文して郵送してもらっていた時代は終わった。遊ぶセクシュアリティの店は街のなかにあり、ひとりで、あるいはカップルやグループでやってきて、空想をいだいたり、アイディアを探したり、面白がったり、性的行為についてきがねなく話しあったりする新しい気晴らしの場となっている。性的快楽を得るための技巧を求めているのはもはや男性だけではない。アダルトグッズで遊ぶ女性は、今日では自立した遊び人とみなされているのである。

「プレイボーイ」誌、世界的古典

出典：Playboy, 2016.

「プレイボーイ」誌を発行している国

地域版を発行している国

発行されたことがある国

世に知られていない快楽の道具

多くのクリエーターたちがこうした現象をすばやくとらえて図案化し、洗練された道具を提案している。そのため、たとえば人工ペニスなどのように高価なものとなることが多い。さまざまな形と大きさと色があるこの道具は性感帯を愛撫するのに用いられる。アダルトグッズの流行は、女性雑誌や「セックス・アンド・ザ・シティ」のような連続テレビドラマによってもたらされている。テレビドラマでは、都会で暮らす中・上流階級の女性たちの、解放されたセクシュアリティとの新たなかかわり方が描かれている。2012年には、男性としての自尊心を傷つけられたふたりのスウェーデン人男性が、バイブレーターやゲイシャ玉とよばれるアダルトグッズを売っていた薬局を訴えた。性差別だというのである。

いまどきのコンドームには、やや刺激的な色、あるいはどぎつい色のもの、イチゴやバナナの香りがつけられているものもある。フェティシズムやサドマゾヒズムの行為に用いられるその他の道具や衣装も流行している。革製品は人気があり、ムチや手錠の売上げも伸びている。ゲイの世界には「神聖な」技巧や道具があり、革やゴムを愛好するサブカルチャーが活況を呈するようになってきている。たとえばベルリンでは、10軒のポルノショップのそばに、ゲイの好みを満足させるための別のポルノショップが10軒ある。

次の号のプレイメイトはだれか

1953年に創刊され、1973年にはフランス版も出されたアメリカの雑誌「プレイボーイ」は、エロティックな写真で世界的に知られ、点字版も出版されている。欧米諸国の多くの男性たちが、次の号のプレイメイトはだれか知りたくてうずうずしていた。最初に登場したのはマリリン・モンローで、その他多くの著名人たちが名うてのカメラマンのレンズの前でポーズをとった。「ペントハウス」や「ハスラー」のような、よりハードな雑誌との競合、そしてとくにインターネットで女性のヌードが大衆化したことにより、1970年代に毎号900万部以上に達していた「プレイボーイ」誌の販売は、1990年代になって大きく落ちこんだ。アメリカではそれでも毎号300万部売れているが、フランスでは2011年はじめに休刊となった。

精力信仰が
生物多様性を壊す

精力への信仰はどこにでも存在する。古代から広く信じられている固定観念によれば、男性の生殖能力はペニスの大きさに見あうものとされている。このような信仰のせいで、自然環境や生物多様性の保護に甚大な影響がもたらされている。それを物語っているのが、サイの角の相場の高騰である。東南アジアなど一部の社会では、サイの角に催淫効果や治療効果があると信じられている。角を粉にして煎じて飲めば精力絶倫になるといわれているのである。このような闇取引は企業と金銭とセクシュアリティの結託を象徴するものである。

男性の精力が環境保護におよぼす影響

ヨーロッパではここ5年間である犯罪行為が急増し、たびたび新聞の第一面をにぎわせている。それは、博物館にあるサイの角が盗まれたというニュースである。催淫効果や治療効果があるとされアジアで珍重される角は、欧州刑事警察機構（Europol）によれば、2万5000〜20万ユーロで取引されるという。金相場も高騰しているとはいえ、サイの角という思いもよらないものが金相場を凌駕する勢いである。そのためか2009年以降ヨーロッパの約10か国、40館以上の博物館が盗難にあっている。

狙われているのは首都の大博物館だけではない。フランスでは中堅都市や、エクス島のような離れたところにある博物館もこうした盗難の被害を受けている。これに対処するため、多くの博物館はサイの角をのこぎりで切りとって模造品に替えることにした。窃盗犯の襲撃から身を守るためだけではなく、この自然遺産を保護するためでもある。

メディアを通じての警告は有益である。なぜなら絶滅が危惧されているサ

データ
「サイの角1本で30万ドルにのぼるものもある」。「ワシントンポスト」紙、2015年10月。

イや大型哺乳類がますます大きな危機にみまわれていることを世界に知らせることができるからである。ヨーロッパの状況も気がかりだが、同時期に密猟が急増しているアフリカの状況もきわめて深刻である。国際機関「トラフィック（Traffic）」の調査によると、2007年に13件だった南アフリカ共和国での密猟が、2011年には448件になっているという。同国で違法に殺されたサイの60パーセントはクルーガー国立公園にいたサイである。サイが多く生息するその他の国も同様で、とくにナミビア、ジンバブエ、ケニヤがこうした脅威にさらされている。

密売のネットワーク

2013年はじめ、時価100万ユーロ以上にもなる27キロ超のサイの角がタイとベトナムで押収された。モザンビークから車でエチオピアに運ばれた角は、密売人たちによってアジアの主要空港経由で中国やベトナムの市場に送られた。

中国人と日本人は昔からサイの角［生薬の犀角］を精力剤とみなしていた。この信仰が韓国やベトナムに伝わって世界の主要消費市場を形成したのである。南アフリカからベトナムへのサイの角の密売はトラフィックとワシントン条約事務所の調査対象となっている。こうした密売のおおもとにいるとみら

れているのは、高度に組織化されたアイルランドの窃盗団である。

アジアは生薬、欧米は化学薬？

とくに男性の精力剤摂取は昔からおこなわれてきた。それほどに、男性たちの精力への欲求は世界共通のものである。男性たちは機能不全への不安にさいなまれていて、米国内科学会（ACP）の予測によると、2020年には世界で3億人以上の男性が勃起のトラブルをかかえることになるだろうという。

20世紀末にバイアグラが市場にあらわれたことで、行為やメンタリティーに変化が生じた。女性からの要求はより大きくなっているので、男性はこの奇跡の精力剤を用いることに大きな価値を見いだしている。アメリカが世界のバイアグラ生産の50パーセント以上を占めているので、もっとも熱心な消費者はアメリカ人かもしれない。2010年のバイアグラの売上高は、15億ユーロ以上にのぼったとみられている。

欧米社会でも、おもに植物に由来する天然の媚薬を用いることがある。もっともよく知られているのはショウガ、サフラン、朝鮮人参、イチョウである。

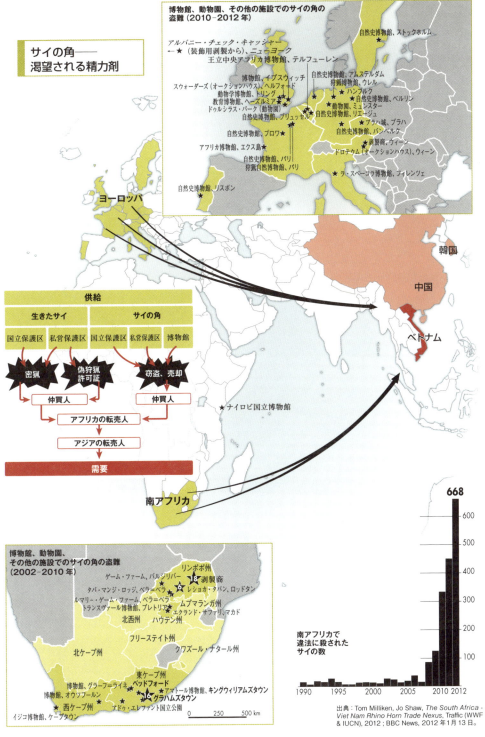

サイの角——
渇望される精力剤

博物館、動物園、その他の施設でのサイの角の盗難（2010-2012年）

自然史博物館、ストックホルム
アルバニー・チェック・キャッシャー
←★（装飾用剥製から）、ニューヨーク
王立中央アフリカ博物館、テルフューレン
博物館、イプスウィッチ　　　　自然史博物館、アムステルダム
スウォーダーズ（オークションハウス）、ヘルフォード　　狩猟博物館、ウレル
動物学博物館、トリング　　　　　　　　　　　　ハンブルク
教育博物館、ヘーズルミア　　　　　　　　動物園、ミュンスター　自然史博物館、ベルリン
ドゥルシラス・パーク（動物園）　　自然史博物館、リエージュ
自然史博物館、ブリュッセル　　　　　　　　プラハ城、プラハ
自然史博物館、ブロワ★　　　　　自然史博物館、バンベルク
アフリカ博物館、エクス島★　　　　　　　剥製商、ウィーン
ドロテウム（オークションハウス）、ウィーン
自然史博物館、パリ
狩猟自然史博物館、パリ　　　　　　★ラ・スペーコラ博物館、フィレンツェ
自然史博物館、リスボン★

ヨーロッパ

韓国

中国

ベトナム

供給

生きたサイ		サイの角		
国立保護区	私営保護区	国立保護区	私営保護区	博物館

密猟　　偽狩猟許可証　　窃盗、売却

仲買人　　　　　　仲買人

アフリカの転売人

アジアの転売人

需要

★ナイロビ国立博物館

南アフリカ

博物館、動物園、その他の施設でのサイの角の盗難（2002-2010年）

リンポポ州
ゲーム・ファーム、バルシリバー
タバ・マンジ・ロッジ、ベラ＝ベラ　　★18 剥製商
ルマリー・ゲーム・ファーム、ベラ＝ベラ　レシュカ・タバン、ロッドタン
トランスヴァール博物館、プレトリア　ムプマランガ州
　　　　　　　エクランド・サファリ、マカド
北西州　　ハウテン州
フリーステイト州
北ケープ州　　　　クワズール・ナタール州
東ケープ州
博物館、グラーフ＝ライネ　ベッドフォード
博物館、オウツフールン　アマトール博物館、キングウィリアムズタウン
　　　　　　　　グラハムズタウン
西ケープ州　★　アドゥ・エレファント国立公園
イジコ博物館、ケープタウン

0　250　500 km

668

南アフリカで
違法に殺された
サイの数

1990　1995　2000　2005　2010 2012

出典：Tom Milliken, Jo Shaw, *The South Africa -
Viet Nam Rhino Horn Trade Nexus*, Traffic (WWF
& IUCN), 2012；BBC News, 2012年1月13日。

ポルノグラフィーの一大市場

現代ではテクノロジーの進歩によって、ポルノグラフィーを見ることがますます容易になっている。ポルノグラフィーの役割は、規則にそむくという行為によってとくに少年たちに少年期からの断絶をもたらし、大人へと導くことにある。なぜならポルノグラフィーはほとんど男性の領分であり、男性の社会適応化に有効なツールとなっているからである。敵対視されるどころか通俗化しているポルノグラフィーのセクシュアリティは、支配するセクシュアリティであり、この分野の産業化が進むなかでおもに犠牲となっているのは女性たちである。

「この映画が見られるたびに、レイプされているわたしがだれかに見られている」

大ヒットしたポルノ映画のひとつで1972年に公開された「ディープ・スロート」について、ポルノ女優のリンダ・ラヴレースはこう語っていた。圧倒的多数のポルノグラフィーには肉体的暴力がつきものである。その暴力の犠牲になっているのは、しばしばたんなる性的対象とみなされている女性たちであり、さらにはゲイやレズビアン、フェミニスト、アーティストなどでもある。

都市化が進み、経済や文化がグローバル化して欧米のライフスタイルや行動が徐々に浸透しているいまのアフリカ社会では、ポルノグラフィーは阻止すべき先進国の悪魔的発明とみなされている。しかしポルノグラフィーは世界のどこにおいてもつねに存在していたのである。歴史上のさまざまなステレオタイプ、たとえばティベリウス帝やカリギュラ帝など背徳的な皇帝たちが乱痴気パーティーを開いていた退廃的な古代ローマというステレオタイプを伝えることで、ポルノ産業はそのことを思い起こさせる役割をになってい

データ

「とりわけ漫画によって大衆化したポルノ映像が日本を席巻している。毎年5000本もの映画が製作されているのである」。フランスの作家フィリップ・ディ・フォルコ。

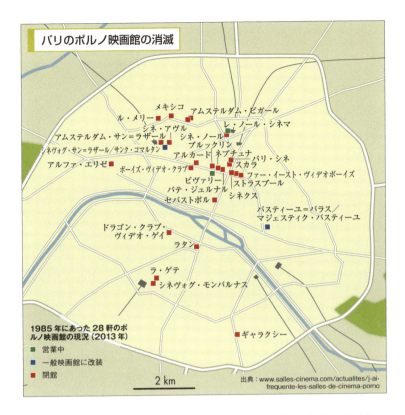

パリのポルノ映画館の消滅

メキシコ
ル・メリー　　　　アムステルダム・ピガール
シネ・アヴル　　　　レ・ノール・シネマ
アムステルダム・サン＝ラザール　　　シネ・ノール
シネヴォグ・サン＝ラザール／サンク・コマルタン　　ブルックリン
アルカード　ネプチュナ　　パリ・シネ
アルファ・エリゼ　　　　　　　　　　　　スカラ
ボーイズ・ヴィデオ・クラブ　　　　　　ファー・イースト・ヴィデオボーイズ
ビヴァリー　　ストラスブール
パテ・ジュルナル
セバストポル　　　　シネクス

バスティーユ＝パラス／
マジェスティク・バスティーユ

ドラゴン・クラブ・
ヴィデオ・ゲイ
ラタン

ラ・ゲテ
シネヴォグ・モンパルナス

1985 年にあった 28 軒のポ
ルノ映画館の現況（2013 年）
■ 営業中
■ 一般映画館に改装
■ 閉館

ギャラクシー

2 km

出典: www.salles-cinema.com/actualites/j-ai-
frequente-les-salles-de-cinema-porno

るのである。政治とセクシュアリティの関係性は明らかである。サド侯爵のような作家たちや映画監督ピエル・パオロ・パゾリーニは、政治の残虐性と性的残虐性を結びつけた作品を世に出した。

手仕事から産業へ

　ポルノ映画のはじまりは、映画が発明された時期と完全に一致している。紙の媒体で写真が大衆に広まったのと同じ頃である。1970 年代に急成長した（1975 年にはパリの半数以上の映画館がこの種の映画を上映していた）のち、ポルノ映画製作は突然ストップした。しかし危機的状況にあると思われていたこの産業は、インターネットが登場した 20 年ほど前から息を吹き返してきている。フランスでは情報通信端末ミニテル「3615」がインターネットの先駆的役割をになっていた。1997 年には 2 万 2000 だったインターネットの商業サイトは、いまや数億サイトもあり、しかも毎日 200 サイトが新たにつくられている。インターネットがポルノグラフィーの欲望を生み出すわけではないが、普及に拍車をかけ

世界のポルノグラフィー──製作地、見本市、プロダクション

サンフランシスコ
(AVN Expo)

アメリカ
ポルノビデオ製作スタジオの 98 パーセント（うち 70 パーセントはサンフェルナンド・ヴァレーにある）

ベルリン
(Venus Berlin)

その他の国（おもにロシア、ハンガリー、チェコ）
ポルノビデオ製作スタジオの 2 パーセント

ラスベガス

ニューヨーク

ブダペスト

マイアミ

サンフェルナンド・ヴァレー

上海
(Adult Toys Exhibition)

ロサンゼルス
(Erotica LA)

ポルノをコンテンツとしてふくむインターネットサイト数
（2009 年にもっとも多くみられた 100 サイト中）
20
10
5

■ 「成人向け娯楽」の大見本市や世界博

■ ポルノビデオが製作されているおもな国

● 撮影・製作地

出典：P.Hubbard,〈World Cities of Sex〉,
GaWC Research Bulletin343, 2012.
［カテゴリーの相違等により、日本と他国の数値比較はされていない］

たのは事実である。ポルノグラフィーは私的空間で大量消費される段階にきている。

急成長している産業

　パソコンやウェブカムのおかげで、だれでもポルノ映画の俳優や女優のつもりになれる。自分をできるだけ多くの人に見てもらいたいという快楽主義的、自己陶酔的欲求を反映して、アマチュアポルノ映画製作者が急増している。カナダでは、「ポーンスター・アカデミー（Pornstar Academy）」というリアリティ番組まである。たいていは裸の肉体を画面上で披露するのだ

が、自宅から出ることなくその影響力を全国におよぼすことができるのである。

　しかし一方で、ポルノグラフィーのグローバル化にかんしては、とくに大企業グループに利益をもたらすものとなっている。そのなかには国際的な犯罪組織にかかわるものもある。現在ポルノ産業は、さまざまな媒体をとおして（テレビ、ビデオ、雑誌、インターネット、電話網など）、毎年約500億ユーロの収益を生んでいる。そのうち15億ユーロはフランスに入っている。この市場を牽引しているのはアメリカである。アメリカ人はインターネットでポルノビデオや写真を見るために年

世界のポルノグラフィーにかんする法制

- ■ ポルノグラフィーは合法
- ■ ポルノグラフィーは合法だが制約あり
- ■ データなし
- ■ ポルノグラフィーは違法

出典：Streetoress.com、2015年7月。

間10〜20億ドルを支払っている。毎年1万1000本のポルノ映画が製作され、カリフォルニア州だけで約2万人がこの産業に従事している。大ホテルチェーンにも恩恵をもたらしている。ホテル内でのポルノビデオ賃貸料の20パーセントを受けとれるからだ。ヨーロッパではあるポルノ製作会社がフランクフルト証券取引所に上場されている。またブダペストはヨーロッパのポルノグラフィーの中心地となって

いて、年間約1億ユーロを得ている。ハンガリーは、ロシアやウクライナと同様に、ポルノ産業や売春との関係がきわめて密接である。作家のマーティン・エイミスがいうところの「プロレタリア芸術」であるポルノグラフィーは、ますます若い女性を必要としている。最貧国で集められた女性たちは、あまり良心的ではない請負人によって搾取されている。

● まとめ

発展途上国に対する先進国の支配関係と、女性に対する男性の支配関係は変わることなく続き、さらに強まってさえいる。たがいに重なりあうことも多いこのふたつの支配関係は、新自由主義のグローバル化によるセクシュアリティの産業化がもたらしたもっともいむべき結果である。競争心や実行力、男らしさや精力がたたえられるビジネスや企業の世界にも、セックスがまぎれこんでいる。スティーヴ・マックイーンの映画「SHAME―シェイム―」では、それがみごとに描かれていた。主人公の売り上げの総額が示されたかと思えば、ゲイの出会い系サイトによくあるように勃起したペニスの長さが示されたりするのである。

世界の経済や金融を動かしている大都市もまたエロティシズムの街である。都心から辺縁地区にいたるまで、性産業が入りこんでいる。大都会はまた、もっとも弱い立場にいる、あるいはもっとも貧しい女性たちを快楽の道具に変える、強大な組織犯罪のネットワークをかかえてもいる。現在、世界では4000万人の女性たちが売春をしているが、その多くは強制されているのである。ポルノ映画の女優たちは日当制でわずかな出演料しか支払われないことが多く、しかもときにはコンドームなしでの性交渉を強いられる。

買春ツアーは、産業とお金とセックスがからみあっていることの、きわめて象徴的なもうひとつの例である。そこに先進国と途上国の支配関係、男性と女性の支配関係が重なって、その結びつきはさらに強固になっている。この言葉は長いあいだ、外国人観光客がタイなど東南アジアの売春婦との関係を求めて出かけていくことを意味していた。タイはいまでもオーソドックスな旅行先である。しかし買春はもはや欧米にかぎられたものではなくなり、アラブ首長国連邦などの途上国にも客層が広がっているのである。同様に、ヨーロッパやアメリカなど先進国間での移動も見受けられる。ラスベガスには現在3500人の違法売春婦がいる。

これと並行して、欧米の女性がエキゾティックなビーチボーイを求めて出かけていく、「ロマンス・ツアー」などと称されるツアーも急増していて、セネガルやドミニカ共和国では必要不可欠なものになっているほどである。

インターネットの普及によって、セクシュアリティや裸がありふれたものになった。性的興奮や快楽を高めるために撮られたポルノ写真は大量消費財となり、家にいながらにしてそれらを手に入れることができる。若者たちはしだいにポルノグラフィーによってセクシュアリティを見いだすようになっている。中毒にな

ることさえあるポルノグラフィーの消費は、作家ミシェル・ウエルベックによって描かれた欧米での情緒や性の貧困を示しているのかもしれない。

とはいえ、セクシュアリティの大衆化や性的行為の多様化にはあきらかにプラスの効果もある。羞恥心のあるセクシュアリティから楽しむセクシュアリティに変化することによって、個がよりいっそう自己解放できるからである。

買春ツアー

東アジア

北アメリカ
ラスベガス

アカプルコ
ハバナ
バラデーロ
サント・ドミンゴ
カリブ海地域

西ヨーロッパ
アムステルダム
リガ
東ヨーロッパ
キエフ
プラハ プラチスラヴァ

バンコク プノンペン
パタヤ
プーケット
インド
ゴア
バリ

東南アジア

オーストラリア

ブラジル

マラケシュ
ハンマメット
エジプト

サリー
バンジュール
西アフリカ

カンパラ
モンバサ
ジ・ベ
グラン・ベ
東アフリカ

出発地

■ 買春ツアーのおもな出発地域

→ 異性愛男性のツアーの流れ

→ 異性愛女性のツアーの流れ

目的地

▨ 買春ツアーのおもな受入地域

▨ 買春ツアーに深くかかわっている国々

● 買春ツアーの中心地

性にまつわる暴力

　強制によって快楽が消えさるとき、セクシュアリティは暴力と一体になる。性暴力はどんなところにはびこっているのか。いつの時代にもどの国にもあるレイプやハラスメントや小児性愛は、支配する男らしさという昔ながらの規範がいたるところに存在していることを示している。この章では、世界各地に広がる性暴力についてとりあげる。暴力行為が公的な場でも私的な場でもおこなわれていることを示し、その影響や結果について考察する。こうした暴力が罰せられない国も多く、法律があっても、ある性暴力は罰するがほかの性暴力については罰しないというように不備があったり、罰するべき暴力行為そのものの正確な定義がなくあいまいであったりすることがほとんどである。きちんとした法制がある国々でも、その法が適用されることはめったにない。暴力の被害者はおもに女性たちであるが、被害を訴える女性は4分の1以下である。裁判で有罪判決をかちとるのは1割に満たないからだ。

レイプ——男性による支配

レイプとは暴力によってだれかに性的関係を強制することである。世界各地のレイプにかんして信頼にたる統計はほとんどなく、しばしば黙殺されたままである。しかしこれにかんする調査がおこなわれた国々には一定の特徴がある。レイプ被害者の圧倒的多数は女性（90パーセント以上）であり、加害者は男性（95パーセント以上）で被害者の顔見知りであることが多いということである。国連婦人開発基金の調査によると、世界の女性の5人にひとりがレイプあるいはレイプ未遂の被害者である。

夜は出歩くな

レイプへのおそれは、公共空間での習慣やジェンダーの空間的規範に従うことを女性たちに強いる。つまり治安が悪いとされる場所を避ける、夜ひとりで通りを歩いたり公共の乗り物を利用したりしない、「きちんとした」格好をする、といったことである。女性自身のふるまいを理由にレイプを否定したり正当化したりすることが、集団的無意識のなかにまだ根強く残っている。

レイプは、女性が怖じ気づいておとった立場にとどまっているように、男性が女性に対してふるう暴力とみなすことができるかもしれない。公共空間の設備や習慣はそれを証明するものである。都市というものは理論的には男女をとわずだれにでも開かれているが、実際にはおもに男性によって男性のた

めに考えられた遊び場である。フランスの都市ボルドーの都市計画についてのある研究からわかったのは、公共空間利用者の大半が少年たちであるということである。少年たちがエネルギーを発散することができるようにと河岸に整備されたスポーツ施設や娯楽施設の多さが、そのことをはっきりと示している。一方で内務省は少女たちに、ひとけのない場所でひとりでジョギングをしたり、夜間に一部の地区に出かけたりしないようにと勧告しているの

データ

「ヨーロッパではレイプ訴訟の14パーセントしか有罪判決にいたらない」。国連薬物犯罪事務所（UNODC）、2010年。

世界のレイプにかんする法制

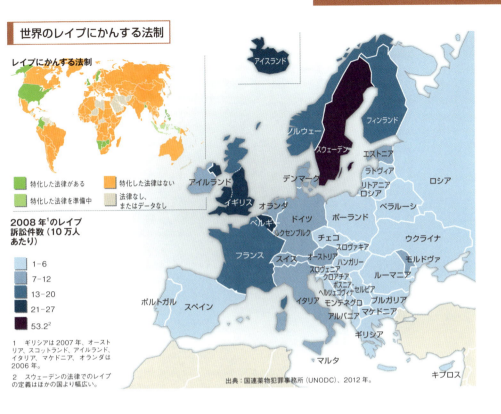

レイプにかんする法制

■ 特化した法律がある
■ 特化した法律を準備中
■ 特化した法律はない
□ 法律なし、またはデータなし

2008 年[1]のレイプ訴訟件数（10 万人あたり）

■ 1-6
■ 7-12
■ 13-20
■ 21-27
■ 53.2[2]

1 ギリシアは 2007 年、オーストリア、スコットランド、アイルランド、イタリア、マケドニア、オランダは 2006 年。
2 スウェーデンの法律でのレイプの定義はほかの国より幅広い。

出典：国連薬物犯罪事務所（UNODC）、2012 年。

アイスランド
ノルウェー
スウェーデン
フィンランド
エストニア
ラトヴィア
リトアニア
ロシア
ロシア
ベラルーシ
アイルランド
イギリス
デンマーク
オランダ
ドイツ
ポーランド
ウクライナ
ベルギー
ルクセンブルク
チェコ
スロヴァキア
モルドヴァ
フランス
スイス
オーストリア
ハンガリー
ルーマニア
スロヴェニア
クロアチア
ボスニア
ヘルツェゴヴィナ・セルビア
ブルガリア
ポルトガル
スペイン
イタリア
モンテネグロ
マケドニア
アルバニア
ギリシア
マルタ
キプロス

である。

あなたの家の近くで起こっている

スウェーデンでは毎日15人ほどがレイプの訴えを起こしている。被害者はますます若年化し、その大半は犯人とは面識がない。ヨーロッパでのある調査によると、スウェーデンはヨーロッパでもっともレイプ訴訟が多い。それに続くのがイギリスとベルギーだが、訴訟件数はスウェーデンの2分の1である。しかしこの数字を単純にとらえ

るべきではない。なぜならレイプは国によって、より限定されることがあるからだ。とくに届け出るかどうかは国によっても、社会階層によっても違いがある。スウェーデンでは、法が改正され、新たな支援センターができた10年ほど前から訴えが増えている。レイプ被害者であるというレッテルを貼られることも以前より少なくなった。

しかしスウェーデンで訴訟が多いといっても、有罪をかちとるのは10パーセントにすぎない。ヨーロッパ全体では14パーセント（オーストリアの18パーセントからベルギーの4パー

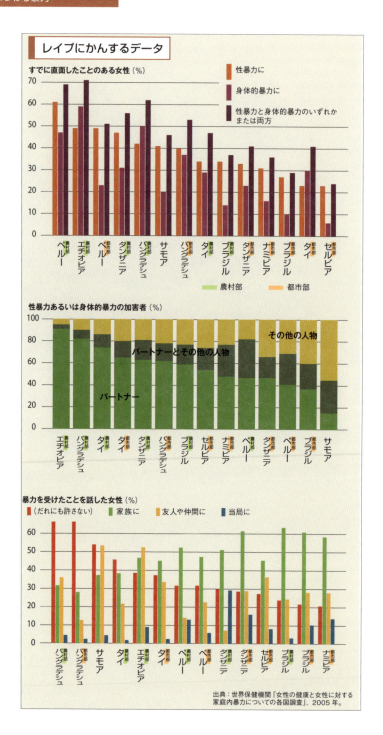

レイプにかんするデータ

すでに直面したことのある女性（%）

凡例:
- 性暴力に
- 身体的暴力に
- 性暴力と身体的暴力のいずれか または両方

（横軸）ペルー、エチオピア、ペルー、タンザニア、バングラデシュ、サモア、バングラデシュ、タイ、ブラジル、タンザニア、ナミビア、ブラジル、タイ、セルビア

性暴力あるいは身体的暴力の加害者（%）

凡例:
- 農村部
- 都市部

その他の人物
パートナーとその他の人物
パートナー

（横軸）エチオピア、バングラデシュ、タイ、タイ、タンザニア、バングラデシュ、ブラジル、セルビア、ナミビア、ペルー、タンザニア、ペルー、ブラジル、サモア

暴力を受けたことを話した女性（%）

凡例:
- （だれにも許さない）
- 家族に
- 友人や仲間に
- 当局に

（横軸）バングラデシュ、バングラデシュ、サモア、タイ、エチオピア、タイ、ペルー、ペルー、タンザニア、タンザニア、セルビア、ブラジル、ブラジル、ナミビア

出典：世界保健機関「女性の健康と女性に対する
家庭内暴力についての各国調査」、2005年。

セントまで幅がある）である。セクシュアル・ハラスメントについては、ヨーロッパを除くほとんどの国で法律が定められていない。

女性に対する性暴力の根源

　現代のあらゆる社会にみられる女性に対する性犯罪について、その根底にある要因を探るために、性犯罪の犯人たちが置かれているさまざまな状況から総合的にとらえようとする取り組みがなされている。まずあげられるのが犯人の生い立ちである。たとえば酒びたりの家族のもとで育ったとか、子どものときから父母間の暴力を見ていたといったことだ。次に、男性が家計をにぎり決定権をもつ父権制モデルの家族環境や、貧困と孤立の状態に女性たちを追いやる職能別社会構造があげられる。そして最後に、ほとんどどの国においても、男らしさという概念が支配することにあるという、よりグローバルな経済的・文化的背景があげられる。

戦争の兵器としてのレイプ

世界のどの地域でも武力衝突が起これば決まってレイプがおこなわれる。それはいつの時代でもそうだった。被害者はほとんど女性であり、戦利品の一部、あるいは戦争にはかならずついてまわるものとみなされていた。しかしこの数十年間に世界のいくつかの地域で、大規模かつ徹底的なレイプが戦略としておこなわれたことは、世界に大きな衝撃をあたえた。そしてはじめて、レイプが社会や政治におよぼす影響について考慮されるようになった。

戦争期間中のレイプと性的暴行

ボスニア・ヘルツェゴヴィナ (1992-1995)
2万-5万人の女性がレイプ被害

グアテマラ
1966-1996

ニカラグア
1979-1990

エルサルバドル
1972-1992

コロンビア
1985-2004

ペルー
1980-1990

チリ
1980-1990

出典: Vincent Moriniaux (地図), 《Le viol comme tactique de guerre (戦術としてのレイプ)》, 2005 ; Anne Dupierreux, 《Quand le viol devient arme de guerre (レイプが戦争の武器になるとき)》, 2009 ; 国連、Human Rights Watch.

戦争中のレイプ、
人道に対する犯罪

国際的な裁判所や国際的な司法機関がレイプを戦争犯罪および人道に対する犯罪と認めるようになったのは、旧ユーゴスラヴィア紛争やルワンダ紛争以後のことである。国際刑事裁判所ローマ規程では、武力紛争における性的暴力として、「強姦、性的な奴隷、強制売春、強いられた妊娠状態の継続、強制断種その他あらゆる形態の性的暴力であってこれらと同等の重大性を有するもの」と定義されている。しかしものの見方や考え方が変わっても、何があったか、そしてどれくらいの規模でおこなわれたかという情報を入手し

て統計をとるのはきわめて困難である。それは被害女性が黙して語らないからであり、現地調査がむずかしいからでもある。被害女性の「二重の苦しみ」についても報告されている。自分が受けた暴力について証言しないのは、犯人からの報復を受けるおそれからであり、また周囲から烙印を押される屈辱からである。

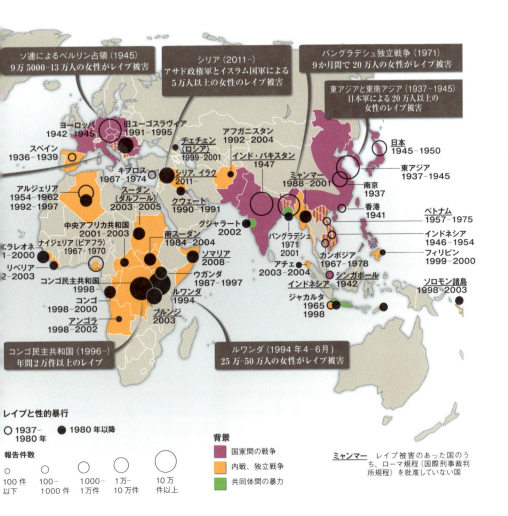

ソ連によるベルリン占領（1945）
9万5000-13万人の女性がレイプ被害

シリア（2011–）
アサド政権軍とイスラム国軍による
5万人以上の女性のレイプ被害

バングラデシュ独立戦争（1971）
9か月間で20万人の女性がレイプ被害

東アジアと東南アジア（1937-1945）
日本軍による20万人以上の
女性のレイプ被害

ヨーロッパ
1942-1945

旧ユーゴスラヴィア
1991-1995

スペイン
1936-1939

チェチェン
（ロシア）
1999-2001

アフガニスタン
1992-2004

日本
1945-1950

キプロス
1967-1974

インド・パキスタン
1947

東アジア
1937-1945

アルジェリア
1954-1962
1992-1997

シリア、イラク
2011–

スーダン
（ダルフール）
2003-2005

ミャンマー
1988-2001

南京
1937

香港
1941

ベトナム
1957-1975

クウェート
1990-1991

中央アフリカ共和国
2001-2003

グジャラート
2002

インドネシア
1946-1954

シエラレオネ
1-2000

ナイジェリア（ビアフラ）
1967-1970

南スーダン
1984-2004

バングラデシュ
1971
2001

カンボジア
1967-1978

フィリピン
1999-2000

リベリア
2-2003

ソマリア
2008–

アチェ
2003-2004

シンガポール
1942

ソロモン諸島
1998-2003

コンゴ民主共和国
1998–

ウガンダ
1987-1997

インドネシア

コンゴ
1998-2000

ルワンダ
1994

ジャカルタ
1965
1998

アンゴラ
1998-2002

ブルンジ
2003

コンゴ民主共和国（1996–）
年間2万件以上のレイプ

ルワンダ（1994年4-6月）
25万-50万人の女性がレイプ被害

レイプと性的暴行

○ 1937-
　1980年

● 1980年以降

報告件数

○ 100件
以下

○ 100-
1000件

○ 1000-
1万件

○ 1万-
10万件

○ 10万
件以上

背景

■ 国家間の戦争

■ 内戦、独立戦争

■ 共同体間の暴力

<u>ミャンマー</u>　レイプ被害のあった国のう
ち、ローマ規程（国際刑事裁判
所規程）を批准していない国

征服すべき領土とされる
女性の身体

　アムネスティ・インターナショナル
の言葉を借りれば、戦争中の女性に対
する暴力は「伝染病」なみの規模に達
する。それほどに集団でのレイプ行為
は戦争の攻撃手段としてしばしば組織
的におこなわれる。さらに、戦争中は
多くの女性が売春を強要される。

　そのようなことは昔からあったが、
きちんとした資料があるのは二度の世
界大戦以降である。兵士への報酬とし
て女性があたえられるという例は数多
い。第2次世界大戦中には、ときには
政府や軍部も協力して、数千人もの若
い女性が占領軍の性的欲求を満たすた
めにレイプや強制売春や闇取引の対象

とされた。

第三帝国では5万人以上の女性が売春宿で働き、東南アジアでは20万人以上の「慰安婦」が日本軍兵士のために隷従させられていたと歴史家たちは見ている。大戦中には、恐怖をまきちらしたり、罰したり復讐したりするためのレイプを組織的かつ大規模におこなうことが一般化してもいた。たとえばソ連軍はベルリンで12万人以上の女性をレイプしたとされる。解放軍もとくにイタリアやフランスで数千人もの女性に暴行をしたとみられている。

氷山の一角とその天文学的数字

レイプは戦争行為の一部をなし、戦争の兵器としてこの数十年間に憂慮すべき規模でおこなわれてきた。ユニセフは世界の戦争の性格が変化しているとし、そうした変化の最初の犠牲者がなぜ女性や子どもたちなのかを説明している。この20年間に約50の地域で60回ほど大きな武力紛争が起こった

が、国家間の戦争は4例だけであった。戦闘は居住地域に近いところでおこなわれ、民間人とくに女性のリスクはより高まっている。村落にいるとき、逃げのびる途中あるいは難民キャンプで、女性や少女は性的暴行や性的搾取の被害にあいやすい。

20世紀後半および21世紀はじめに生じた武力紛争では、紛争地域の85パーセントで女性や少女の闇取引が指摘されていた。この数字は一定して変わらず、この災禍の大きさや、それを是正すべき現地当局や国際機関の無力や無策を物語っている。

国連の報告によれば、2000年代はじめにコンゴ民主共和国では4万件のレイプがあったとされ、ジョンズ・ホプキンズ大学ブルームバーグ公衆衛生学部の最近の研究では、2006年から2007年までの1年間だけのレイプ件数はその10倍、すなわち40万件以上と見積もられている。国際赤十字社によると、ルワンダでは1994年の紛争中に25万人から50万人の女性、つまり女性人口のおよそ20パーセントがレイプ被害にあっている。ボスニア・ヘルツェゴヴィナでは、1992年の5か月間の紛争中に、2万人から5万人の女性が性的暴行を受けている。レイプキャンプとよばれた現場や［民族浄化にまつわる］強制妊娠センターに送られた女性たちもこのなかにふくまれている。アムネスティ・インターナシ

ョナルによれば、コソヴォの一部の村では子どもをもてる年齢の女性たちのうち30〜50パーセントが、セルビア軍兵士によってレイプされた。ダルフールでは民兵が女性や少女へのレイプ行為を続け、難民キャンプやその周囲に恐怖をまきちらしている。

この犯罪行為の重大な影響

　武力紛争中のレイプはこのように戦争のひとつの戦略、敵を服従させ名誉を傷つけるためのひとつの戦術となっている。武力紛争時の性的暴力を監視する国際機構はそれについて、被害者の個人的破壊だけでなく、共同体の集合的破壊を意図しておこなわれているとしている。集団でおこなわれるレイプは社会組織を混乱におとしいれ、社会や家族の関係を消滅させる。女性に対する性的暴力は共同体全体の精神的・社会的基盤をそこなう。それはほかのどんな武器でもなしえないことである。レイプされた娘はしばしば家族から見すてられ、共同体からは汚名を着せられる。妊娠すれば追放を余儀なくされる。加害者より被害者に罪悪感をいだかせる状況があるからだ。

フランスにおける
性的暴行の社会学

　女性に対する暴力は世界のあらゆる国でたえず起こっている万国共通の現象である。ドメスティックバイオレンス（DV）はそのもっとも広く知られている形態である。DVは身体的あるいは心理的虐待や性的暴行としてあらわれ、そうすることで男性は妻に対して権力や影響力を行使する。世界的レベルのデータはほとんどないが、さまざまな調査をとおして一般的傾向が確認されている。加害者は被害者の夫や元夫など近親者であることが多いが、ステップファミリー（子づれ再婚家庭）の家族や恋人というケースもある。このため、レイプにまでいたることもしばしばであるこうした性的暴力が、プライベートに属するものとみなされてきたのである。

最近まで隠蔽されていた暴力

　ごく最近までほとんどの政府は、女性に対する暴力を家庭の領域に「限定された」小さな問題と考えていた。国際的な調査から、35か国で女性の10〜30パーセントが夫や元夫からの性的暴力の被害にあっていること、そして世界の女性や少女の10〜27パーセントが子どものとき、あるいは大人になってから性的暴行を受けたと答えていることが明らかになった。20年ほど前から、世界保健機関（WHO）をはじめとする国際機関の活動のおかげで、女性に対する暴力が社会全体にかかわる公衆衛生や基本的人権の問題として認められるようになっている。この問題が世界レベルで意識されるよう

になり、世論も変化している。

おもな被害者である女性

　フランスでは3日にひとりの女性が配偶者の暴力によって死亡している。こうした暴力は県によって大きな違いがあり、フランス中部のクルーズ県では女性1万人あたり6.1件であるのに対し、パリ北東のセーヌ＝サン＝ドゥニ県では50.1件である。一般的に、愛撫や性的関係を強要される被害は、女性が男性の3倍も多い。2010年から2012年までで、毎年8万3000人の女性がレイプまたはレイプ未遂の被害にあっている。加害者の31パーセントは同居している配偶者だった。だが4分の3は自宅外で受けた暴力である。

体の財政的損害は、2006年に10億ユーロに達したという。

加害者の多くは被害者の知りあい

性的暴行を受けた10人中8人以上の女性は加害者と面識があった。見知らぬ人からのレイプ被害は3分の1である。加害者はたいていひとりで行動する。望まない愛撫やキスやわいせつ行為は性的暴行でもっとも多いものだが、4分の1の被害が職場で、15パーセントの被害が自宅かそれ以外のだれかの住居で起こっていた。

話すことの恐怖と恥辱

女性が自分の受けた暴行について話すのは、たいてい近親者か警察の専門家である。しかし自宅内で受けた性的暴力については、被害者の3分の1が口をつぐんでいた。自宅外での性的暴行の場合は、警察に訴え出るケースが多い（17.5パーセント）が、12パーセントの被害者はだれにも話さなかった。イル＝ド＝フランス地域圏では、性的暴行を告訴する女性は4分の1以下（22パーセント）である。

さらにくわえて、女性は男性より安全ではないと感じている。安全ではないと感じているイル＝ド＝フランスの男性は42パーセントであるのに対し

「フランスで47万5000人が性的暴力の被害にあっているが、告訴するのは10パーセント未満である」。フランス国立軽罪監視機構（OND）、フランス国立統計経済研究所（INSEE）、2010年。

イル＝ド＝フランス都市計画・開発整備研究所によれば、イル＝ド＝フランス地域圏ではこの割合がもっと低く、夫婦の自宅外での性的暴行は3分の2である。

女性に対する性的暴力はどの社会階層にもみられるが、学歴のない女性は学歴のある女性の5倍も多く自宅外での暴行を受けている。年齢別で見ると、若い女性（18〜29歳）の被害が多く、5分の1が望んでいない行為を受け、2.2パーセントがレイプ被害にあっている（平均が0.7パーセントであるのに対して）。自宅でのレイプはとくに30〜39歳の女性が被害にあっている。

およそ3分の1（36パーセント）の被害者は、暴行による健康への影響が長期にわたったと答えている。WHOの調査研究で、このような暴力は人への損害だけでなく経済にも大きな損害（医療機関、司法機関、警察など）をもたらすことが明らかになっている。パリテ（男女平等）監視機構によれば、夫婦間暴力によるフランス全

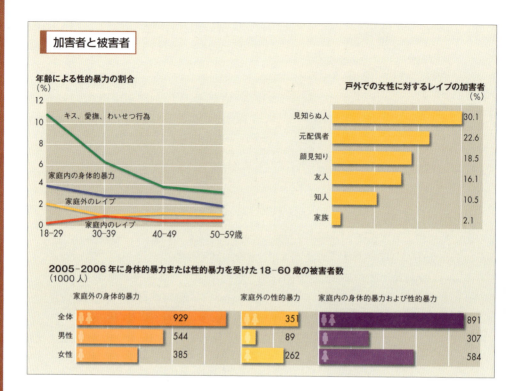

加害者と被害者

年齢による性的暴力の割合
(%)

- キス、愛撫、わいせつ行為
- 家庭内の身体的暴力
- 家庭外のレイプ
- 家庭内のレイプ

18-29　30-39　40-49　50-59歳

戸外での女性に対するレイプの加害者
(%)

	(%)
見知らぬ人	30.1
元配偶者	22.6
顔見知り	18.5
友人	16.1
知人	10.5
家族	2.1

2005-2006年に身体的暴力または性的暴力を受けた18-60歳の被害者数
(1000人)

	家庭外の身体的暴力	家庭外の性的暴力	家庭内の身体的暴力および性的暴力
全体	929	351	891
男性	544	89	307
女性	385	262	584

て、女性は71パーセントである。こ
うした不安は生活様式にも、交通機関
や公共空間の利用のしかたにも影響を
およぼしている可能性がある。

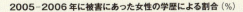

2005-2006年に被害にあった女性の学歴による割合（%）

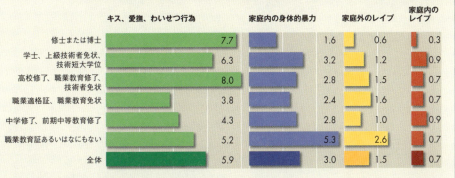

	キス、愛撫、わいせつ行為	家庭内の身体的暴力	家庭外のレイプ	家庭内のレイプ
修士または博士	7.7	1.6	0.6	0.3
学士、上級技術者免状、技術短大学位	6.3	3.2	1.2	0.9
高校修了、職業教育修了、技術者免状	8.0	2.8	1.5	0.7
職業適格証、職業教育免状	3.8	2.4	1.6	0.7
中学修了、前期中等教育修了	4.3	2.8	1.0	0.9
職業教育証あるいはなにもない	5.2	5.3	2.6	0.7
全体	5.9	3.0	1.5	0.7

家庭外あるいは家庭内暴力の被害者が頼ったもの（%）

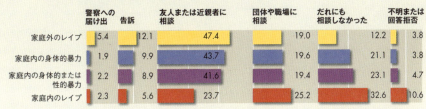

	警察への届け出	告訴	友人または近親者に相談	団体や職場に相談	だれにも相談しなかった	不明または回答拒否
家庭外のレイプ	5.4	12.1	47.4	19.0	12.2	3.8
家庭内の身体的暴力	1.9	9.9	43.7	19.6	21.1	3.8
家庭内の身体的または性的暴力	2.2	8.9	41.6	19.4	23.1	4.7
家庭内のレイプ	2.3	5.6	23.7	25.2	32.6	10.6

調査対象：2005-2006年、18-59歳の女性。この表はフランス語を理解できる女性のみを対象としている。

出典：フランス国立統計経済研究所（INSEE）調査「Cadre de vie et sécurité（生活環境と安全）2007」。*Insee première*, No.1180, 2008年。

健康とセクシュアリティ

セクシュアリティは病気ではない。性交渉は健康に不可欠なものであり、個人の解放に貢献するものでもある。しかし危険があることも明らかになっている。たえまない医学の進歩にもかかわらず伝染する性病は存在しつづけている。その代表的な病気がエイズであり、途上国を中心に数千万人が感染している。2000年以降、年間の新たな感染率は35パーセント減少しているが、世界ではまだ毎日約5000人がエイズによって死亡している。フランスでは毎年約6000人がHIV陽性となっている。

セックスは健康によい

古代中国の医者たちによると、セックスはわれわれの身体と精神の健康を守るものである。性行為は充足感やくつろぎをもたらすので、ストレス解消と睡眠のための自然の良薬となり、また自信をとりもどさせてくれるものでもある。近年では、性的活動が健康におよぼす影響についての研究で、性的活動が増加すると心血管病のリスクが下がることが明らかになっている。とはいえセックスにもリスクがないわけではない。

セクシュアリティ＝危険

いまだにタブーとされているセクシュアリティのトラブルは、とくに一時的あるいは反復性の精神的問題をかかえる人々に多くみられる。男性がたとえば勃起や早漏の問題にふれるのは、とくに精力信仰のある社会では容易ではない。年齢とともにインポテンツのおそれも増していく。

しかし性行為についてまわるおもな危険は、性行為によって感染する病気、性病である。フランスでは200万人が性器ヘルペスに感染しているとみられるが、いまのところ根治することはできない。性行為から感染するその他の伝染病、たとえば梅毒は、先進国では1980〜1990年代に顕著な減少を示し

データ

「2013年にエイズで死亡した人は世界で約150万人である」。国連合同エイズ計画（UNAIDS）、2014年。

世界各国でのエイズの流行

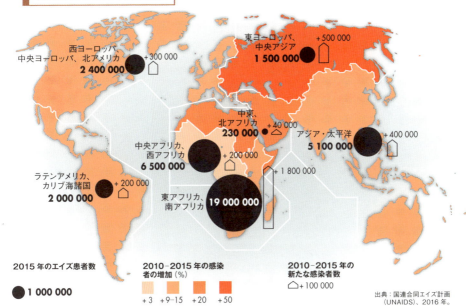

西ヨーロッパ、
中央ヨーロッパ、北アメリカ
2 400 000 +300 000

東ヨーロッパ、
中央アジア
1 500 000 +500 000

中東、
北アフリカ
230 000 +40 000

アジア・太平洋
5 100 000 +400 000

中央アフリカ、
西アフリカ
6 500 000 +200 000

ラテンアメリカ、
カリブ海諸国
2 000 000 +200 000

東アフリカ、
南アフリカ
19 000 000 +1 800 000

2015年のエイズ患者数
● 1 000 000

2010-2015年の感染者の増加（%）
+3　+9-15　+20　+50

2010-2015年の
新たな感染者数
⌂ +100 000

出典：国連合同エイズ計画
（UNAIDS）、2016年。

ていたが、近年とくに男性同性愛者のあいだでふたたび感染がみられるようになった。こうした病気に対しては、いまでもコンドームを使用することが唯一の感染防止策である。国家の成長レベルと、性病感染者の保護・治療能力には明確な相関関係がある。30年ほど前から世界を襲っているエイズ禍は、そのことをもっともよく示している。

■ エイズ時代の愛

　性行為がエイズ感染の唯一の原因というわけではないが、大きな原因であることに変わりはない。エイズは免疫機能の低下をまねく。1970年代末にアメリカの同性愛者たちのあいだで見

つかり、それ以来世界の大きな公衆衛生問題のひとつとなっている。1981年から2013年までで、3900万人以上がエイズで死亡したとみられている。

　医学研究は大きな発展を示しているものの、感染を防ぐために真に有効な手段は依然としてコンドームを使用することだけである。ここ数年、感染拡大の勢いは弱まっているが、国連合同エイズ計画（UNAIDS）によると、2013年には210万人が新たに感染しており、その多くは異性愛者である。15歳から24歳までの若者がこうした新たな感染者の40パーセントを占めている。同性愛者の場合、人口に占める割合に比べて感染者が多いことに変わりはない。伝統的信仰や宗教的な教え

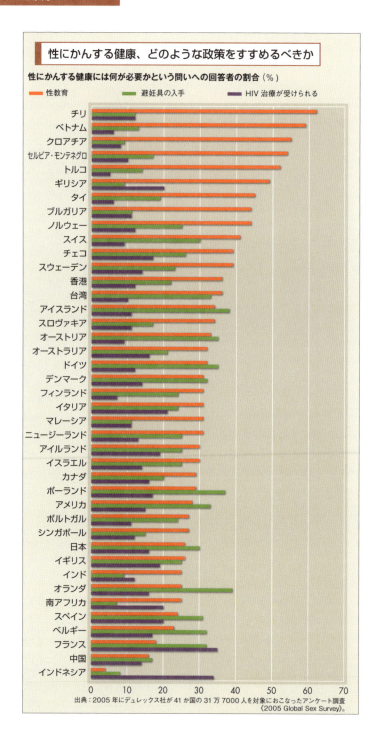

性にかんする健康、どのような政策をすすめるべきか

性にかんする健康には何が必要かという問いへの回答者の割合（％）

■ 性教育　　■ 避妊具の入手　　■ HIV 治療が受けられる

チリ
ベトナム
クロアチア
セルビア・モンテネグロ
トルコ
ギリシア
タイ
ブルガリア
ノルウェー
スイス
チェコ
スウェーデン
香港
台湾
アイスランド
スロヴァキア
オーストリア
オーストラリア
ドイツ
デンマーク
フィンランド
イタリア
マレーシア
ニュージーランド
アイルランド
イスラエル
カナダ
ポーランド
アメリカ
ポルトガル
シンガポール
日本
イギリス
インド
オランダ
南アフリカ
スペイン
ベルギー
フランス
中国
インドネシア

0　10　20　30　40　50　60　70

出典：2005 年にデュレックス社が 41 か国の 31 万 7000 人を対象におこなったアンケート調査
《2005 Global Sex Survey》。

によってコンドームの使用がひかえられたり禁止されたりしていることも、エイズをくいとめるうえでの大きなブレーキとなっている。とくにサハラ砂漠以南のアフリカは現在エイズがもっとも多い地域となっていて、2013年に世界でHIV（ヒト免疫不全ウイルス）に感染している3500万人のうち2500万人を占めている。

治療法もあり、しだいに効果を示すようになってきているが、発展途上国でそれを広めるには治療費の高さが障害となっている。とはいえ近年はめざましい進歩がみられ、2011年にはサ

ハラ砂漠以南の患者の56パーセントに治療がほどこされた。男性の割礼も感染を防ぐのに有効な手段である。この地域での割礼の奨励もおこなわれている。

感染がもっとも多い南アフリカでは、2005年から2011年までのあいだに平均余命が6年延びている。抗レトロウイルス療法が広くおこなわれるようになったおかげである。エイズにあまり関心が向けられていないその他の国々では、感染者が増加している。たとえば東ヨーロッパでは、2000年代に感染者が250パーセント増加した。

危険にさらされる子どもたち——暴力とタブー

アメリカ
100 000

北アメリカ

メキシコ
15 000

中央アメリカ

コロンビア
35 000

アン

子どもの闇取引

→ 子どもの闇取引の主要ルート

↻ 国内の闇取引（地方から都市へ）

売春

ベトナム
12 000

国籍別の売春をする子どもの推定数（網羅的なリストではない）

出典：テール・デ・ゾム〈kids as commodities?〉, 2004；ウィキペディア〈Prostitution of children〉; ユニセフ, 2004-2012

　世界では30秒ごとにひとりの子どもが暴行され、虐待され、殺されている。子どもへの虐待を算定するのはきわめて困難である。国際機関は5〜17歳の子どものうち3億人以上、すなわち世界の子どもの5分の1が賃金なしで働かされていると見積もっている。彼らは強制労働市場や国際的な犯罪組織のなかにいる。性的暴力を受けている子どもたちは7500万人近いとみられている。子どもの性的搾取には売春、闇取引、買春ツアー、ポルノグラフィーがふくまれる。

小児性愛、子どもたちを性の道具として扱う

　小児性愛（ペドフィリア）は性的虐待として最初に思い浮かぶものである。それほどこの種の暴力はマスメディアによって大きくとりあげられている。しかしその広がりを推しはかることはできない。なぜなら虐待は、プライベートな領域で近親者（父、代父、保護者、家庭教師、教師）によっておこなわれるからだ。彼らは自分の意のままにするために子どもをおどし、監禁する。小児性愛は近親相姦のタブーを思わせる。近代社会では近親相姦をタブーとすることが共通の価値観となっているが、古代社会では王やファラオが王家の血統を守るために子孫と結婚する風習があった。小児性愛は、子どもたちを撮影するポルノグラフィーと異なり、児童への性的搾取という国際的な定義にはふくまれていない。この性的虐待には報酬が発生しないからである。

性の商品にされる子どもたち

　子どもの性的搾取は世界でもっとも急増している暴力のひとつである。もうかる商売として国際的な犯罪組織がおこなっているもので、子どもにまつ

オランダ
1 000

ルーマニア
2 000

フランス
8 000

西ヨーロッパ　東ヨーロッパ

パキスタン
40 000

ネパール
100 - 200 000

ドミニカ共和国
30 000

西アフリカ

200 - 500 000
中国

日本

台湾
100 000

ベトナム
12 000

インド
500 000 - 1 200 000

東南アジア　フィリピン
80 - 100 000

ブラジル
250 - 500 000

スリランカ
40 000

バングラデシュ
10 - 30 000

カンボジア
30 - 70 000

インドネシア
50 - 100 000

タイ
200 - 800 000

マレーシア
40 - 140 000

南アフリカ
30 000

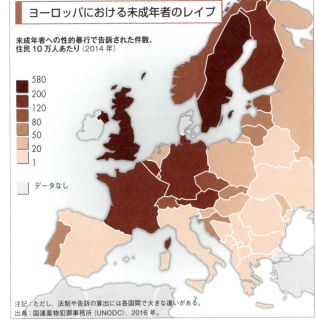

ヨーロッパにおける未成年者のレイプ

未成年者への性的暴行で告訴された件数、
住民10万人あたり（2014年）

- 580
- 200
- 120
- 80
- 50
- 20
- 1

データなし

注記：ただし、法制や告訴の算出には各国間で大きな違いがある。
出典：国連薬物犯罪事務所（UNODC）、2016年。

わる買春ツアーはとく
にアジアでさかんにな
っている。この理由と
してさまざまな要因が
あげられる。政治的要
因としては、たとえば
東欧諸国やベトナム、
タイ、キューバが自由
主義的・資本主義的経
済へと移行したことが
あげられる。多くの国
に影響をおよぼし、も
っとも貧しくて弱い

人々の生活を不安定にしている経済危機も要因のひとつである。子どもたちを性的搾取する写真をありふれたものにする最新の通信技術も要因としてあげられる。ユニセフによれば、虐待されている子どもの写真が100万点以上もインターネット上に出まわっているという。法律がゆるいこと、刑罰が不十分であることもひとつの要因となっている。

子どもを食いものにする買春ツアー

買春ツアーは子どもの売春のなかでますます大きな位置を占めるようになっている。買春ツアーの典型的なものは、アメリカ、カナダ、ヨーロッパ、オーストラリア、日本、中国に住む男性が、おもにアジアやラテンアメリカに行くというパターンである。

しかし目的地とされている国々の当局がこの悪しき慣習と戦うためにおこなっているさまざまな努力によって、買春ツアーの地図は急速に変化するかもしれない。売春撲滅を訴える公益財団「フォンダシオン・セル」は、10万人を下らない数の子どもたちが売春をしていたフィリピンにやってきていた買春ツアー客たちが、フィリピンに新たな法律が制定されたあと、インドのゴアに方向転換したと述べている。買春ツアーが大規模におこなわれているブラジル、キューバに次いで、未成年者の売春宿が250件あるコスタリカが、新たなツアー受入国となっている。ドミニカ共和国では、200万人の買春ツアー客のうち、30パーセントはアメリカ人、60パーセントはドイツ人、そして96パーセントが男性である。ドミニカ共和国には、売春をする子どもが2万5000人いて、そのうち30パーセントは12〜15歳である。

虐待される子どもたちの道程

犯罪組織の犠牲になっている子どもたちの数を推しはかるのは困難である。2006年にはユニセフがその数を200万人以上と見積もっていた。子どもの闇取引の流れは、地方から大都市へと同じ国内でおこなわれることもあれば、近隣諸国にまたがることもある。こうした近隣組織網が活動しているのは南アジアで、ネパールやバングラデシュの農村部で集められた少女たちがいるインドはその典型的な例である。タイ

やカンボジアで売春に従事する子どもたちは同じルートからやってきて、バンコクやプノンペンやその他の大都市の路上や売春宿に行きつく。ヨーロッパでも同様のことがおこなわれている。売春組織は東ヨーロッパの農村や貧しい地域で少女たちを集め、さまざまなルート（アルバニア経由が多い）で移動させて、西ヨーロッパの大都市の路上や売春宿で働かせる。ユニセフは犯罪組織にとって利益の多い子どもの性的取引のふたつのルートを特定している。東南アジアから香港経由で日本やハワイに向かうルートと、インドやパキスタンから中東に向かうルートである。

子どものポルノグラフィー

　毎年５万点以上の写真がアップロードされる児童ポルノは、インターネットの発達により未曾有の広がりを示している。国連によれば、児童ポルノは200億ドルにのぼる売上げをもたらしているという。国家がこの行為に立ち向かうのはきわめて困難である。なぜならインターネットについては国際的な連携がとれておらず、法制も国ごとに異なっているため、それに乗じて写真が拡散されているからである。2012年末には、インターネットでの児童ポルノ画像配信に対して一丸となって闘うため、約50か国が「子どもの性的虐待のオンライン画像を根絶させる世界同盟」を結成した。

● まとめ

　女性に対する暴力が罰せられないと女性たちは不安感にかられ、治安が悪いとされる場所を避けるなどして日常の行動を変えることになる。公共の場所で移動するときも、女性に境界を押しつける空間的規範に従うようになる。このようなジェンダーによるテリトリーの隔離は、アパルトヘイトのロジックを連想させる。隔離のしかたには3つのタイプがある。都市や公共空間へのアクセス、移動の権利、そして住居である。

　欧米の大都市では、女性たちは性的暴行へのおそれから、立ち入り禁止の境界を定めた精神的な地図を作成する。都市の公共空間での女性の行動範囲は、ハイヒールにスカートといういでたちで夜ひとりで歩かない方がいい場所という危険性を判断基準にして定められる。警戒される場所は、交通量の多い都心の大きな交差点、貧困地区、都市周縁部の低所得世帯用団地である。

　女性の移動の権利もまた恐怖心によってそこなわれている。世界のどの大都市でも夜間のある時間から、地下鉄や郊外線に女性の姿がみられなくなる。また多くの都市では、ますます増えている女性からの痴漢の苦情に答えて、たとえばメキシコなどでは日中のラッシュ時に女性専用車両を設けている。5年前から女性専用のバス路線もできている。ブラジル

やエジプト、日本などの都市でも、女性が快適に移動できるように同様の対策がとられている。フランスでは夜行列車に女性客専用コンパートメントが用意されている。公共交通機関を避けてタクシーに乗るのはかならずしも安心とはいえない。イギリスから入ってきた新顔のサービスもあらわれている。つまりイギリスの「ピンク・レディーズ・キャブ」にならった女性専用タクシーである。

　空間的隔離のもっとも極端な形が住居にかんするものである。ケニヤには、男性の立ち入りが全面的に禁止されている村がある。1990年代に、暴行を受けつづけていた女性たちが立ち上がってウモジャという村をつくり、男性の暴力から離れて暮らすことにしたのである。それ以来、ツマイなど同様の村が次々にあらわれた。村に住む女性たちは村外であれば性的関係をもつこともできる。男の子は16歳になったら村を出なければならない。女の子たちはここにとどまって性器切除の慣習からのがれることができる。

　こうした空間的隔離は世界各地でみられる。女性に対する性的暴力の結果である空間隔離は、気づかれないうちに移行することが多いので、日常風景に溶けこんで同化してしまっているように思われる。しかしこうした空間的隔離は権利の平等が失われているということである。

女性を保護するには、女性がもっと教育を受けられるようにしたり、加害者に対して刑罰を適用したりすることも必要だろう。

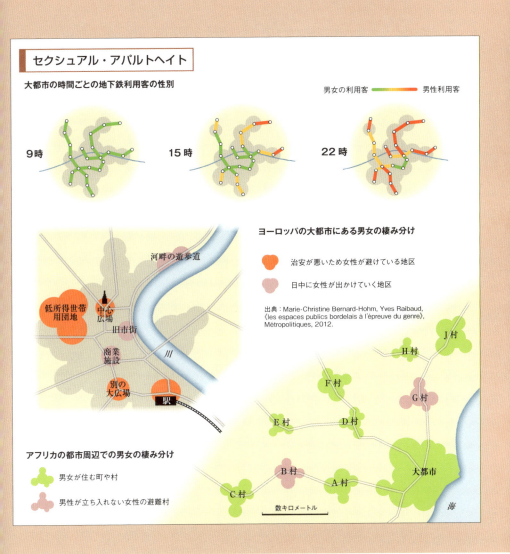

セクシュアル・アパルトヘイト

大都市の時間ごとの地下鉄利用客の性別

男女の利用客 ━━━ 男性利用客

9時　15時　22時

ヨーロッパの大都市にある男女の棲み分け

🟠 治安が悪いため女性が避けている地区

🔴 日中に女性が出かけていく地区

出典：Marie-Christine Bernard-Hohm, Yves Raibaud, 〈les espaces publics bordelais à l'épreuve du genre〉, Métropolitiques, 2012.

河畔の遊歩道
低所得世帯用団地
中心広場
旧市街
商業施設
川
別の大広場
駅

アフリカの都市周辺での男女の棲み分け

🟢 男女が住む町や村

🟣 男性が立ち入れない女性の避難村

J村　H村　F村　G村　E村　D村　B村　A村　C村　大都市　海

数キロメートル

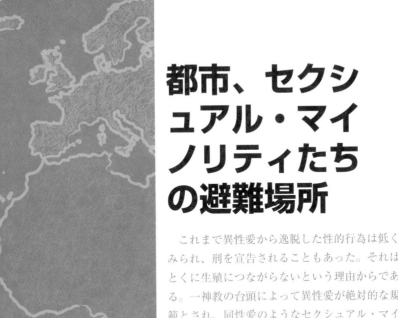

都市、セクシュアル・マイノリティたちの避難場所

　これまで異性愛から逸脱した性的行為は低くみられ、刑を宣告されることもあった。それはとくに生殖につながらないという理由からである。一神教の台頭によって異性愛が絶対的な規範とされ、同性愛のようなセクシュアル・マイノリティは排除された。「マイノリティ」という言葉を用いているが、ここでは統計的に少数である同性愛の問題に取り組むというより、社会的蔑視やそれによる空間的影響についてとりあげている。研究調査がおこなわれているどの国でも、空間がゲイやレズビアンに対して一様に不公平というわけではない。人々の混在と匿名性に恵まれた大都市は、とくに男性の同性愛者たちの避難場所となっている。彼らはさまざまな戦略を駆使し、いくつかの場所を手に入れ、その場所の用途から逸脱しながら都会生活を送り、自分たちのアイデンティティを強固なものにしている。

カミングアウトし、規範にそむく

公共空間はあくまでも異性愛の規範によってつくられている。この規範が存在するどの場所でも、ゲイやレズビアンは空間を利用するために戦略を駆使しなければならない。規範がつねに彼らに敵対するわけではないが、彼らを人目につかないようにさせている。ゲイ・プライド・パレードのようなデモンストレーションは、同性愛者たちが表に出て、権利を求めるつかのまの時空である。同性愛者であることを公言（カミングアウト）し、ときには挑発的なやり方で自分の身体を見世物にするプライド・パレードは、大都市の公共空間でさえずっと以前から異性愛の規範によってつくられていることを告発し、異議を申し立てるものである。

異性愛の支配

世界のどの都市でも公共空間は、それを自在に利用するすべをもつ者には解放の場となるが、規範や禁忌に満ちあふれていることから、とくに大勢に属さない者にとっては抑圧の場ともなる。すべての人が等しく利用できるということはまったくないのである。とくに途上国の都市や欧米の都市郊外にある庶民的な地区では、女性に不利なジェンダーのヒエラルキーが強化され、定着してさえいる。第1にあげられるこのジェンダーによる支配に、セクシュアル・アイデンティティ（性自認）をめぐる支配がつけくわわる。ゲイやレズビアンは、ほとんどの時間、ほとんどの場所に姿を見せないように強いられるのである。もちろん国家や文化による違いはある。フランスでは普遍的アプローチが尊重されているが、そのために必要な相違の肯定や、少数者の空間利用の権利についてはうやむやになっている。同性愛者はつねに「他者」とほどよい距離をとって、正体を見破られないようにしていなければならない。彼らが都会生活を送るために用いるさまざまな戦略は、どこにいる

> データ
>
> 「1970年6月28日、2000人のゲイが『カム・アウト！』のスローガンを掲げてニューヨーク6番街を行進した。それがゲイ・プライド・パレードのはじまりである」

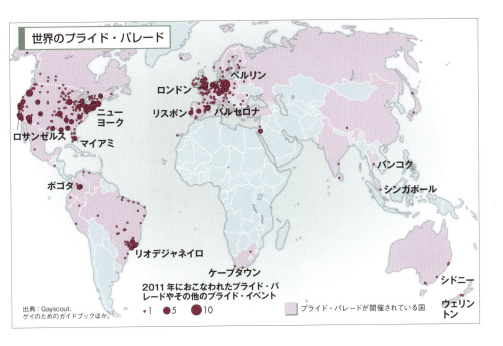

世界のプライド・パレード

ベルリン
ロンドン
リスボン　バルセロナ
ニューヨーク
ロサンゼルス
マイアミ
ボゴタ
バンコク
シンガポール
リオデジャネイロ
ケープタウン
シドニー
ウェリントン

2011年におこなわれたプライド・パレードやその他のプライド・イベント
・1　●5　●10
プライド・パレードが開催されている国

出典：Gayscout、
ゲイのためのガイドブックほか。

か、そしてだれといるかによって左右される。欧米の大都市では、ゲイたちが占有している地区だけが唯一ヴェールを脱げる場所であるということが多い。保護してくれるこの場所を離れれば、たいていの場合、多数派である異性愛者を「挑発する」ことのないよう、セクシュアル・アイデンティティを隠すことを余儀なくされる。たとえば公共の空間やそれに近い空間で同性愛者が手をつなぐのはまだ大胆すぎるのである。つまり、大都市に解放者の役割があるという判断をくだすには、まだ慎重を要するということだ。アフリカやアジアの（日本を除く）大都市では、公共空間で自分が同性愛者であることを示すのは不可能である。だからこそ、それができる社会では、ゲイやレズビアンによるつかのまの象徴的な空間占有が必然性をもっているように思われる。

目立つために公共空間を占有する

ゲイ・プライド・パレードは、ゲイバー「ストーンウォール」の客たちが警察に立ち向かったことを記念してニューヨークではじまったものだが、これが認められている世界各国の都市では、ゲイやレズビアンたちがある短い期間だけ道路を占有する。パレードの参加者たちは自分たちの違いを示しながら、公共空間で目立つ権利を求める。

路上でキスをする

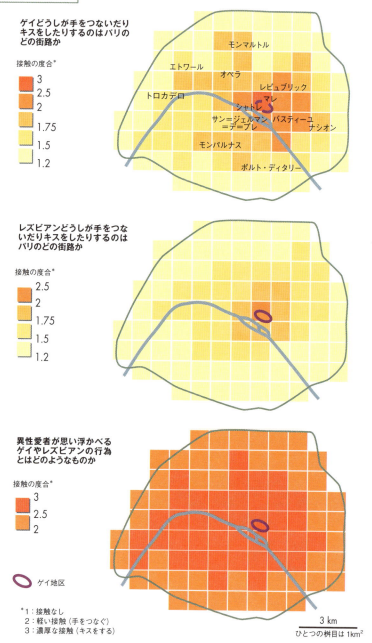

**ゲイどうしが手をつないだり
キスをしたりするのはパリの
どの街路か**

接触の度合*

- 3
- 2.5
- 2
- 1.75
- 1.5
- 1.2

モンマルトル

エトワール　　オペラ

トロカデロ　　　　　レビュブリック
　　　　　　　　　マレ
　　　　　　シャトレ
サン=ジェルマン　　バスティーユ
=デ=プレ　　　　　　　ナシオン

モンパルナス

ポルト・ディタリー

**レズビアンどうしが手をつな
いだりキスをしたりするのは
パリのどの街路か**

接触の度合*

- 2.5
- 2
- 1.75
- 1.5
- 1.2

**異性愛者が思い浮かべる
ゲイやレズビアンの行為
とはどのようなものか**

接触の度合*

- 3
- 2.5
- 2

◯ ゲイ地区

*1：接触なし
　2：軽い接触（手をつなぐ）
　3：濃厚な接触（キスをする）

2007年にゲイ、レズビアン、異性愛者に対しておこ
なわれたアンケート調査

3 km
ひとつの桝目は1km²

出典：Nadine Cattan, Stephane Leroy, *Cahiers
de géographie du Québec*, 2010.

それはたんなる社会的公平（結婚、同性親、ホモフォビアへの罰則など）の当然の要求というだけではなく、空間的公平も求めるものである。政治的要求をするには、しばしば公共空間のつかのまの占有が必要となる。パレード参加者が多ければ多いほど、主張に耳を傾けてもらえる可能性も高くなる。パリでは6月末の「LGBTプライド・パレード」[LGBTはレズビアン、ゲイ、バイセクシュアル、トランスジェンダーの頭文字をとった総称]に数十万人が参加し、サンパウロでは数百万人が参加する。地方都市よりも大都市の大集団での「カミングアウト」に参加するほうが容易なのはもちろんである。ゲイあるいはレズビアンであることを誇示し、身体のパフォーマンスなどさまざまなパフォーマンスを用いるパレード参加者たちは、街が異性愛者のためのものであること、規範を生み出し定着させているのはつねに異性愛者であることを告発する。

抵抗の場としての身体

エイズと闘う団体「アクトアップ」は、恒例のダイ・イン——エイズで亡くなった犠牲者たちを象徴し、哀悼の意をあらわすために地面に静かに横たわるパフォーマンス——によって身体の重要性について伝え、差恥心や罪悪感を否定し、抑圧に抵抗する。公共空間において身体は暗黙のうちにヘテロセクシュアルとされ、その役割はジェンダーによって定義される硬直化したものとされる。ゲイ・プライドのようなお祭り的なパレードでは、一般的に私的空間に閉じこめられているゲイやレズビアンの身体を表に出すことができる。たいていの場合は男性によって、ときおり身体の露出がおこなわれることがあるが、そのような誇示は法にそむくことになりかねない。このように規範にそむくのは、露出趣味という以上にパフォーマティヴで政治的なものである。

公共空間でのハントと性的関係

　同性愛者たちの性的関係はタブーの影響を強く受け、目立たないようにすることを強いられたので、歴史的にコード化されたやり方で公共空間を利用してきた。とくに都市の公共空間には、性的交流を匿名でおこなうというきわめて特異な形がある。欧米の大都市はゲイたちにとって広大なハント地区のようになっていて、性的交流のメッカはその時々で変化する。途上国のゲイたちの慣習についての情報はほとんどないが、専門のガイドブックは慎重に行動するよう勧めている。レズビアンにとっては、後述するように別のコードがある。

「2両目にご乗車ください」

　数年前、パリ市交通公団は「2両目にご乗車ください」というよびかけをした。メトロの先頭と最後尾の車両はホームの出入り口にいちばん近いため、乗客が集中してひどく混みあうということが多かったからである。先頭車両の混雑は緩和されなかったが、2両目はゲイたちにとっての出会いの場へと変化した。どんな空間も自分たちのものにして、通常の使用法から逸脱してハントのための場にしてしまうゲイたちの能力が、このことによくあらわれている。小都市や地方にもホモセクシュアルの出会いの場はあるが、大都市が別の男性を求める男性たちのお気に入りのハント場所であることに変わりはない。彼らのなかにはゲイを自認す

る者もいれば、そうではない者もいる。彼らの多くは、セックスを楽しむことをライフスタイルの中心に置いているということを思い起こすべきである。より一般的には、ホモセクシュアルの関係には異性どうしのパートナー間にある不均衡がないので、相手の身体との接触がより容易になるのである。公共空間にはレズビアン専用のハントの場というものは存在しない。暴行を受

データ

「屋外にあるホモセクシュアルのハント場所によく行く男性のすくなくとも40パーセントは、ヘテロセクシュアルの社会生活を送っている」

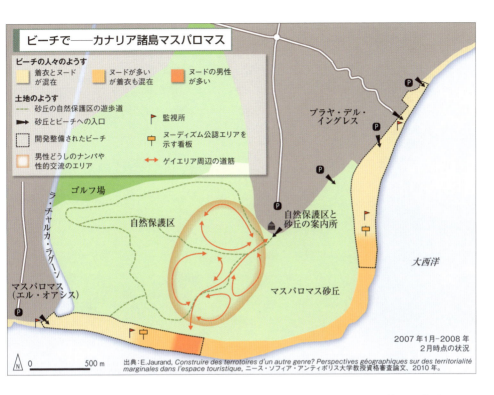

ビーチで──カナリア諸島マスパロマス

ビーチの人々のようす
- 着衣とヌードが混在
- ヌードが多いが着衣も混在
- ヌードの男性が多い

土地のようす
- 砂丘の自然保護区の遊歩道
- 砂丘とビーチへの入口
- 開発整備されたビーチ
- 男性どうしのナンパや性的交流のエリア
- 監視所
- ヌーディズム公認エリアを示す看板
- ゲイエリア周辺の道筋

ゴルフ場

ラ・チャルカ・ラグーン

自然保護区

マスパロマス（エル・オアシス）

ブラヤ・デル・イングレス

自然保護区と砂丘の案内所

大西洋

マスパロマス砂丘

2007年1月-2008年2月時点の状況

N　0　　　500 m

出典：E.Jaurand, *Construire des territoires d'un autre genre? Perspectives géographiques sur des territorialité marginales dans l'espace touristique*, ニース・ソフィア・アンティポリス大学教授資格審査論文、2010年。

けるリスクがあることや、男性と女性の身体的相違がその理由である。

快楽の合理化

性行為そのものが効率を重視して即座におこなわれることも多い。クルージングバーやサウナなどの専用施設、あるいはほかの利用者から見られたり警察に逮捕されるおそれのある公共空間でなされるため、よりいっそう行為が合理化されるのである。つまり最小限の時間で最大限の性的関係のチャンスを得るということだ。都市がより大きく、ハントできる場所がより多く、潜在的な性的パートナー数がより多いことが重要なのである。公共空間を自分たちのものにすることによって、ハントする人々は自分たちの規範をそこで認めさせ、自分たちの親密な関係をそこで展開する。だれもが知る確固たる慣例に従うというのが彼らのルールである。言葉によるコミュニケーションはまれで、外見が重要な役割を果たす。言葉での交流も、そのほかの社会的交流もほとんどないのは、匿名性が公共空間でのハントの鉄則だからである。認識や感情の投入のしかたは性行為のタイプによって異なるかもしれないが、身体的交流以外は拒否される。

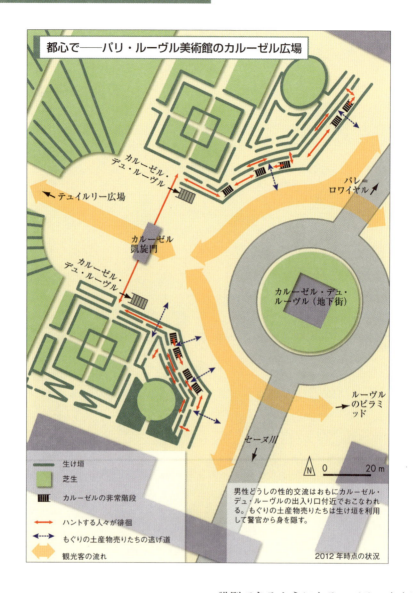

都心で——パリ・ルーヴル美術館のカルーゼル広場

カルーゼル・デュ・ルーヴル

テュイルリー広場

カルーゼル凱旋門

カルーゼル・デュ・ルーヴル

パレ・ロワイヤル

カルーゼル・デュ・ルーヴル（地下街）

ルーヴルのピラミッド

セーヌ川

生け垣

芝生

カルーゼルの非常階段

ハントする人々が徘徊

もぐりの土産物売りたちの逃げ道

観光客の流れ

男性どうしの性的交流はおもにカルーゼル・デュ・ルーヴルの出入り口付近でおこなわれる。もぐりの土産物売りたちは生け垣を利用して警官から身を隠す。

N 0 20 m

2012 年時点の状況

場所の用途からの逸脱

公共空間で性的関係をもつのは違法なので、目に見えないようにすることが求められる。男性一般、そしてとくにゲイは、潜在的な性的立場をすぐに識別できるようになる。パリの中心にあるルーヴル美術館の近くで、男性たちは白昼に性的関係をもっている。数千人の観光客から数メートルしか離れていないのに物陰にあるため、観光客に気づかれることもない。驚いたこと

にこの場所はゲイのハンターたちと、もぐりのアフリカ人土産物売りとがともに使用しているのである。土産物売りたちは警察官が近づくとそこにやってきて身を隠す。このようなゲイの出会いのためのなかば秘密の場所は、一般に都市の死角（廃墟となった建物、資材置き場、袋小路など）であったり、昼も夜もゲイのハンターたちが本来の用途から逸脱させている公共の場所（公園、河岸、墓地、公衆トイレなど）であったりする。このような奇妙な行為そのものの象徴的な危険、そしてときには身体的な危険にさえもさらされることによって、不衛生で見すてられた場所が、幻想的でエロティックな力を高めるのである。集まり方は一日のうちでも（昼・夜）、一年のうちでも（夏・冬）、年によっても異なる。公園

や森のような都市の「自然」空間のなかにあるハント場所は、たがいに近接するふたつのゾーンからなることが多い。ゲイ・ビーチにおいて、しばしばビーチから少し上がった場所が性的な欲望を解放させる役割を果たすのと同様である。このようにハントの場所は、ピクニックをしたり肌を焼いたりする空間と同じように社会的な場所であるかもしれないが、多少なりとも人目を避けて性的関係を結ぶ場所でもあるということがわかる。警察の圧力が強まり、インターネットの出会い系サイトが増えて、ゲイたちが集まることは少なくなっているにもかかわらず、このような奇妙な場所はまだ存在している。おそらくそこには、ほかにはないエロティックな側面があるからだろう。

レズビアンはテリトリーをもたない？

　　レズビアンがゲイに比べて目立たないのは事実である。レズビアンの雑誌はほとんどなく、小説などのフィクションで語られることも少ない。とはいえ、欧米の大都市にはつねにキャバレーなど、シックな場所を好むブルジョワ階級のレズビアンの世界があった。いまではインターネットのおかげで、レズビアンたちは出会いを求めて店に出向かなくてもよくなったが、レズビアンが目立たないままであるという問題は解決されていない。女性として、同性愛者として、二重の差別を受けているため、レズビアンはゲイとは異なる独自の空間占有戦略を展開している。

都市で目立たないレズビアンたち

　男性の同性愛者は、まだ不安定とはいえ、欧米の大都市の中枢で目立つ存在となる権利を徐々に獲得してきたが、レズビアンは目に見える存在ではない。都会生活を求めていないということだろうか。入手できるデータで見ると都市部での同性カップルの分布には偏りがみられるとはいえ、居住区でも商業区でも、ニューヨークの象徴的な街であるブルックリン区パークスロープを除けば、まさにレズビアンの街というものは存在しない。2007〜2011年にパリのほとんどのゲイ地区をかかえる4区で民事連帯契約（パックス）を結んだ同性カップルのうち、レズビアンのカップルは15パーセントにすぎな

かった。より一般的に見て、フランスのどの大都市でも、民事連帯契約（パックス）を結んだ女性どうしのカップルは、男性どうしのカップルよりつねに少ない。たとえばストラスブールで同じ期間に民事連帯契約（パックス）を結んだ女性カップルは、同性カップルのうちの40パーセントである。同性愛者に解放された街に住まないのはレズビアンたちの望んでいることだろ

データ
「パリでは、レズビアン向けの店はゲイ向けの店の10分の1である」。『スパルタクス・ガイド』、2012〜2013年。

移動するイベントスポット

CQFD レズビアン・プライド

ピンキー・ボート

プラネット・パリ

バルビチュリクス

ティー・ダンス

プリマノッテ

レディーズ・ルーム

ベビードール

ウィミクス

アイス・クレーム

ワッツ・ゴーイング・オン

セイムセックス

イヴェント

移動パーティ

常設パーティ

イヴェント レズビアンのみのパーティ

ル・マレ、ゲイ地区

2 km

出典：Nadine Cattan, Anne Clerval, Géographie-cités（都市地理学）

うか、それともそうせざるをえないのだろうか。サンフランシスコで暮らすレズビアンたちは、ゲイの街であるカストロ地区より、その近くのミッション地区に住むのを好む。

二重の差別

　どの社会においてもレズビアンは、女性として、また同性愛者として二重の差別を受けている。女性としては、経済的な不平等をつねにこうむっている。大都市にレズビアン向けの商業施設がきわめて少ないのはそのせいでもある。2010年時点でパリにはせいぜい10店舗ほどしかなかった。採算をとるために、こうした店は一般客も受け入れていることが多い。

　彼女たちの多く（たとえばニューヨークに住む女性カップルでは3分の1以上）はひとりまたは数人の子どもを育てているが、そのためゲイのカップルよりも、都心に家族の住居を見つけるのがますますむずかしくなっているという別の不平等もある。

　男性に支配された公共空間では、レズビアンであることを明らかにすると暴行を受けるリスクがよりいっそう大きくなる。レズビアンが公共の場でハントをしないのはそのためでもある。南アフリカのタウンシップのように、欧米以外の大都市では多くのレズビアンたちがいまだに「再教育する」という理由でレイプされている。一般的に

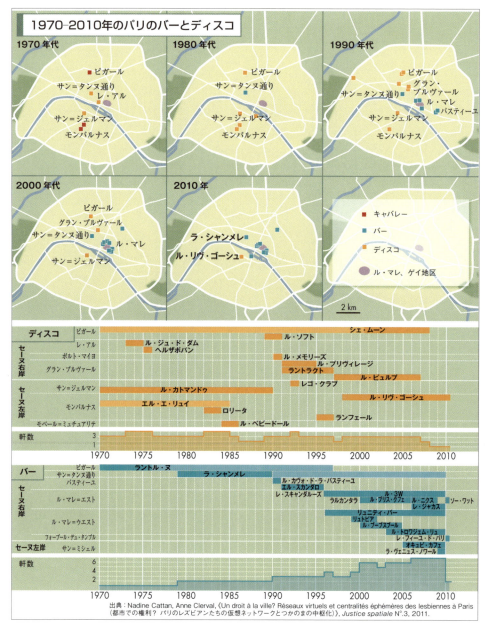

1970–2010年のパリのバーとディスコ

1970年代 ピガール / サン＝タンヌ通り / レ・アル / サン＝ジェルマン / モンパルナス

1980年代 ピガール / サン＝タンヌ通り / サン＝ジェルマン / モンパルナス

1990年代 ピガール / グラン・ブルヴァール / ル・マレ / サン＝ジェルマン / バスティーユ / モンパルナス

2000年代 ピガール / グラン・ブルヴァール / サン＝タンヌ通り / ル・マレ / サン＝ジェルマン

2010年 ラ・シャンメレ / ル・リウ・ゴーシュ

- ◼ キャバレー
- ◼ バー
- ◼ ディスコ
- ● ル・マレ、ゲイ地区

2 km

出典：Nadine Cattan, Anne Clerval, 〈Un droit à la ville? Réseaux virtuels et centralités éphémères des lesbiennes à Paris（都市での権利？パリのレズビアンたちの仮想ネットワークとつかのまの中枢化）〉, *Justice spatiale* N°.3, 2011.

レズビアンたちは、女性というジェンダーの規範に合った行動をするよう強制される。レズビアンが都市で権利を

もつためには、ゲイたちとは異なる形での地歩固めが必要である。

仲間どうしで会うための
代替戦略

　レズビアンが自分の性的アイデンティティを確立してその立場を認められるためには、専用の場所が必要である。商業施設であろうとなかろうと、そうした場所はゲイのための場所と同様に、彼女たちを保護し解放する役割を果たす。欧米の多くの大都市にはそうした

施設はきわめて少ないが、時間的にも空間的にもわずかな出会いの場がそれを補っている。パリでは数年前から、同性愛というイメージから離れたおしゃれで安心感のある場所で、数百人の女性たちが集まる移動パーティが開かれている。転々と移ろう小さなテリトリーは、門外漢には見えない網状に広がるレズビアンの空間を描き出している。

● まとめ

性的少数者が可能性の領域を広げるすべを学んだとき、大都市はまさに彼らにとっての避難所となるように思われる。しかし大都市が多様な同性愛のアイデンティティを表現し強固にするための特別な「実験室」であるとしても、ゲイやレズビアンがなにかを勝ちとるということはなかったし、「他者」の空間との交渉は続いている。しかも、ここですべての同性愛者について語っているということはできない。多くの人は「クローゼット」のなかにとどまっている（カミングアウトせずにいる）か、性的アイデンティティを公言する必要がないと思っている。セバスチャン・リフシッツ監督の映画のタイトルを借りれば、こうした「目に見えない人々（invisibles）」すべてについて語り、地図にあらわすのは不可能である。われわれの視線をすりぬけるように、さまざまな統計もすりぬけてしまうからだ。都市の中心にいて目立つ権利、ゲイ地区や都市周辺の立入禁止区域や危険区域などを利用する相対的だが不可欠な権利、とりわけカップルに行動を変えるように強いる心理的な障壁、さまざまな規模・時間帯での移動、ゲイ・プライド・パレードのときなどにみられる「整理誘導された」公道の使用、性的交流のための公共空間の違法使用、とくにレズビアンたちによる転々と移動する空間利用のしかた、異性愛者からの圧力と警察による抑圧の増加…そうしたすべての要素が、欧米の同性愛者にとっての都市の二重性をあらわしている。

自主的なコントロールと監視、内部からと外部からの圧力のはざまで、ゲイやレズビアンたちはともかく都市生活を実践し、居場所を見つけている。ゲイたちはレズビアンたち以上に、ある特定の場所に特別な意味をあたえている。その場所を占有して境界を定め、彼らの「快楽」のためにその場所の意味を変えている。その点では、公共空間のジェンダーは変更されていない。公共空間が男性のものであることに変わりはないのである。彼らが空間を所有することによって、同性愛者に不利なセクシュアル・アイデンティティのヒエラルキーが見なおされることもない。とはいえ、大都市のなかでゲイたちが永続的にあるいは一時的に築いた男性のための場所は、男性優位主義や日常的なホモフォビアが平気でおこなわれている男性のための場所、ゲイやレズビアンに不安や危険をもたらす場所、子どもの頃にたとえば学校生活やスポーツ教室で彼らが通うことを強いられた場所とは違って、ヘテロセクシュアルが唯一の規範とされる場所ではない。ゲイ地区として発展し、ゲイ地区として認められている地区は比較的治安もよく、仲間どうしが集まって集団的アイデンティティ

を強固にすることができる、反抗と解放の場である。ゲイ地区を性的少数者が隔離されているゲットーのようなものと考えるのは適切ではない。むしろすべての人に開かれ、いつでもどんな時間でも、そして生涯のどの時期にも通れる交差点なのである。

「ゲイの都市」は「ヘテロセクシュアル（異性愛）の都市」と重なりあってい

るが、だからといって、都市を構成し、権力や多数派集団によってたえず正当化されてきた規範をくつがえそうとしているわけではない。ゲイたちの空間使用のあり方は、都会人や都会らしさについての支配的な見方に修正をくわえるものであり、だれでも受け入れられ他者が尊重されるという欧米都市の建て前にふくみをもたせるものである。

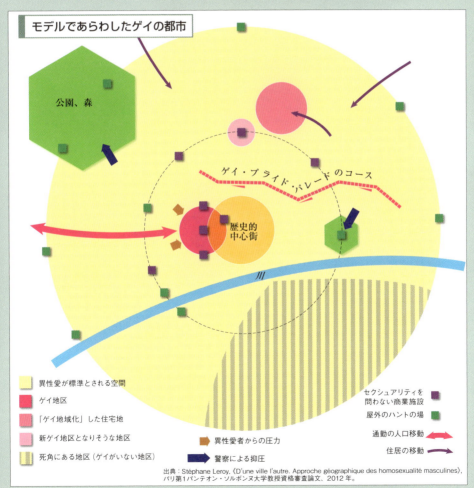

モデルであらわしたゲイの都市

公園、森

ゲイ・プライド・パレード のコース

歴史的中心街

川

凡例：
- 異性愛が標準とされる空間
- ゲイ地区
- 「ゲイ地域化」した住宅地
- 新ゲイ地区となりそうな地区
- 死角にある地区（ゲイがいない地区）
- 異性愛者からの圧力
- 警察による抑圧
- セクシュアリティを問わない商業施設
- 屋外のハントの場
- 通勤の人口移動
- 住居の移動

出典：Stéphane Leroy, 〈D'une ville l'autre. Approche géographique des homosexualité masculines〉、パリ第1パンテオン・ソルボンヌ大学教授資格審査論文、2012 年。

セクシュアリティの地図が示すもの

　世界各地のセクシュアリティをさまざまな尺度で示した地図は、グローバル化した世界においても、セクシュアリティという観点から見ればライフスタイルの画一化はまったくなされていないということを示している。パリ、ベイルート、アメリカ、アルゼンチン、そして都市や地方で、男女がそれぞれのセクシュアリティを同じように体験しているわけではない。本書は、性的な自由や快楽や禁忌というものが、属している文化的、経済的空間に大きく左右されることを明らかにした。たとえば規範や法律が定められる文化圏や国家のレベルで、性的行動全体が支配されているのである。第1の章では、21世紀初頭において現代社会がダブルスタンダードで変化していることを浮き彫りにした。欧米諸国は寛大だが、途上国は抑圧的でセクシュアリティが管理され、タブーにそむけば厳しく罰せられる。

　国家間や、より広範囲の大陸レベルで認められるセクシュアリティの多様性を説明するには、法制のほかに社会的価値観や宗教的アイデンティティ、発展のレベルもか

かわってくる。第2の章では、数年前から欧米社会に性愛の新たなモデルがあらわれ、過渡的段階にあるということを示した。今日の恋愛のしかたは昔とは違ってきている。カップルについては、性的指向の多様性や、アムール・ア・トロワやポリアモリーの試みが新たなパートナーシップのモデルとしてくわわっている。それとは対照的に、第1、第3、第4章の地図は、サハラ砂漠以南のアフリカ、東南アジアの一部の地域、南アメリカに住む多くの女性たちが、性にかんする情報を得られずに不平等な因習に苦しみ、自由な性生活を送ることができずにいることを明らかにした。貧しく、地方で暮らし、教育を受けていない女性たちは、よりいっそうリスクが大きい。

セクシュアリティを地図で示すことによって明らかになったのは、性的行動の変革がしばしば都市化の度合にかかわっていて、地域レベルであらわれてくるということである。たとえば、欧米の多くの大都市にゲイ地区が存在するのは、ある場所が性的他者を目立たせるファクターとなりうることを示している。とはいえ特権的な解放と自由の場である大都市は、性的暴力のるつぼでもある。そのことが第4の章の地図に示されている。レイプへの恐怖は空間的アパルトヘイトのロジックを生み、大都市をジェンダーによる隔離の中心地にしている。女性たちは公共空間での居場所をつねに交渉していかなければならないのである。

セクシュアリティの地図を作成することによって、21世紀初頭のグローバル化社会のなかでセクシュアリティを組織化し支配している国際犯罪組織の役割も明らかにすることができた。おもに女性や子どもを売春のために取引する人身売買や、買春ツアーを介して性的搾取をおこなっている犯罪組織についても同様である。インターネットも、セクシュアリティを消費財として大衆化したもうひとつの媒体である。たとえば出会い系サイトはセクシュアリティを娯楽にしている。ポルノ画像がインターネットにあふれていることは論争の的にもなっている。それほど劇的な形ではないが、スプリングブレイクのような文化的活動や、新婚旅行産業の普及も、こうした現象のあらわれである。

本書は世界のセクシュアリティをあらわすさまざまな地図を提供している。自由な領域と抑圧された領域を明らかにし、新たな恋愛の規範が試みられている場所を確認し、性が金銭で取引されるネットワークの特徴を示し、性的暴力がおこなわれている場所を明示し、性的他者が折りあいをつけている場所を浮き彫りにする。

これからの性愛の新たなモデルがいまどこで生まれつつあるのかを理解するためには、セクシュアリティについての地理学が解釈のプリズムとして最適であるということも、本書で明らかになった。

付録

補足として

　本書では世界のセクシュアリティについて36のおもなテーマをとりあげた。ほかにも選択すべきテーマは多かったが、資料にもとづく地図作成の対象となるテーマはかぎられていた。たとえばシニアやトランスセクシュアルのセクシュアリティに真剣に取り組むための資料は得られなかった。現代社会では、このふたつの集団のセクシュアリティはまだタブーになっているということである。補足として、セックスとビジネス、インターネットとセックスの関係にふれておきたい。このふたつは世界的に広まっていて野放図な状態にあり、ステレオタイプを保つことによって不平等を拡大させているからである。

セックスとビジネス

　契約を結ぶために性を提供することは、われわれの社会では公然の秘密であると同時にふれてはならない話題でもある。ビジネスにセックスを利用することは交渉に有効な手段とされて世界各地でおこなわれ、大企業から工事現場まであらゆる経済分野にかかわっている。あらゆる大都市、あらゆる産業地域、一般の活動領域で、取引を成立させるために性的快楽が投資者に提供される。それは法にのっとらない取引である場合が多い。

　実際このようなやり方は、フランスのように組織的売春が禁じられている国をふくめ、広くおこなわれていることである。

この種の接触を容易にするための看板が、首都パリの大通りに掲げられている。スイスやベルギーとの国境地域では、法律の違いを利用して顧客や議員にまで買春ツアーを提供し、取引契約を結んだり、ねらいをつけた販路を獲得したりしている。いま、いずれにしてもこの種の「贈り物」を受けとることを予期している顧客となら、容易に契約を結べると証言する実業家は増えている。こうして何基ものジェットエンジンが、数千ユーロと、女性とのホテル宿泊とひきかえに注文された。これはぜいたくと安心感につけこんだ、隠れた汚職のひとつの形である。コールガールは売春婦のかわり

であり、パーティーはリベートのかわり、女性たちは札束の入ったトランクのかわりだからである。こうした慣行は大企業の経営者たちに公然と認められていて、われわれの身近なところでおこなわれている。証人たちが堂々と出てくるのはもちろんそれを告発するためであるが、これは伝統であって、いつの時代にもどこにでもある実業界とは切っても切れない慣行だということを彼らは強調するのである。もっとも平等主義的とされる国々をふくめて、女性のイメージはほんとうに変わるのだろうか、性別による社会的関係はジェンダーによるステレオタイプを超えられるのだろうかと自

問せざるをえない。

サイバーセックス

　セックスがネットに蔓延していると専門家たちは口をそろえて言う。しかし現在、このことについて数値であらわして世界にどれだけ広まっているかを判断することは不可能である。サイバーセックスは出会い系サイトやいかがわしいサイト、さまざまな写真やオンライン販売など、インターネット上でのあらゆる性的活動全体をさしている。サイバーセックスには性と金銭の密接な関係がみられる。売春組織摘発や小児性愛対策、未成年者保護などと連携をとるために、多くの国では法的な問題も提起されている。こうした問題の一部については本書のさまざまな個所でとりあげたが、ここでは離れたところからバーチャルに展開されるセクシュアリティについて述べたい。バーチャル・セクシュアリティは、インターネットがいずれは性的行為を一変させる可能性があることを示している。肉体的関係に発展するかもしれないデートの約束をすることが目的である出会い系サイトやフォーラムとは違って、サイバーセックスではパフォーマーと実際のコンタクトをとることが禁じられている。もしコンタクトをとろうとすれば、フォーラムから追放されることになる。サイバーセックスは画面をとおしてセックスをすることであり、パフォーマーはあらゆる時間帯をカバーしているのでいつでもサービスの提供が受けられる。パフォーマーはフィリピン人、ルーマニア人、ウクライナ人、ロシア人、アメリカ人、コロンビア人、フランス人などで、それぞれ自分の生活拠点から映像を送っている。

2011年5月の「ル・モンド・ディプロマティーク」紙によれば、サイバーセックスのプラットフォームの管理会社のほとんどが、オランダ領アンティル、コスタリカ、ルクセンブルク、ジブラルタルのようなタックスヘイブン、あるいはアメリカのデラウェア州やオレゴン州など事業にかんする法制がゆるい州に基盤を置いているという。このようなバーチャル・ネットワークでは、サイトの所有者や株主が表に出ることがないため、規制や法制のらち外にある世界の地下経済をさらに増大させることになる。サイバーセックスのバーチャル空間はあらゆる性的幻想、エロティックな幻想、経済的幻想を受け入れているので将来性はあるが、常軌を逸することも多い。

参考文献

BAJOS, Nathalie et BOZON, Michel, Dir.,2008, *Enquête sur la sexualité en France. Pratiques, genre et santé*, Paris, La Découverte.

BARD, Christine, 2004, *Le Genre des territoires. Féminin, masculin, neutre*, Angers, Presses de l'Université d'Angers.

BELL, David et VALENTINE, Gill, dir., 1995, *Mapping Desire: Geographies of Sexualities*, Londres, Routledge.

BERGSTRÖM, Marie, 2012, «Nouveaux scénarios et pratiques sexuels chez les jeunes utilisateurs de sites de rencontres», *Agora débats/jeunesses*, n° 60, p. 107-119.

BERNARD-HOHM, Marie-Christine et RAIBAUD, Yves, 2012, *Les Espaces publics bordelais à l'épreuve du genre*, Métropolitiques.

BINNIE, Jon, 2004, *The Globalization of Sexuality*, Londres, sage.

BLANCHARD, Véronique, REVENIN, Régis et YVOREL,

Jean-Jacques, 2010, *Les Jeunes et la sexualité. Initiations, interdits, identités (XIXᵉ-XXIᵉ siècles)*, Paris, Autrement, coll. «Mutations/ Sexe en tous genres».

BOLOGNE, Jean-Claude, 2010, *L'Invention de la drague. Une histoire de la conquête amoureuse*, Paris, Points, coll. «Histoire».

BORRILLO, Daniel, FASSIN, Éric et IACUB, Marcela, dir., 1999, *Au-delà du pacs. L'expertise familiale à l'épreuve de l'homosexualité*, Paris, PUF.

BORRILLO, Daniel et LOCHAK, Danièle, dir., 2005, *La liberté sexuelle*, Paris, PUF.

BOZON, Michel, 2009, *Sociologie de la sexualité*, Paris, Armand Colin, série «Domaines et approches», 2ᵉ édition.

BOZON, Michel et HÉRAN, François, 2006, *La formation du couple. Textes essentiels pour la sociologie de la famille*, Paris, La Découverte, coll. «Grands Repères».

BUTLER, Judith, 2005, *Trouble dans le genre. Pour un féminisme de*

la subversion, Paris, La Découverte [1990]. （ジュディス・バトラー『ジェンダー・トラブル——フェミニズムとアイデンティティの攪乱』、竹村和子訳、青土社）

CATTAN, Nadine et CLERVAL, Anne, 2011, «Un droit à la ville? Réseaux virtuels et centralités éphémères des lesbiennes à Paris», *Justice spatiale/Spatial Justice*, n° 3, www.jssj.org/archives/03/05. php#b.

CATTAN, Nadine et LEROY, Stéphane, 2010, «La ville négociée: les homosexuel(le)s dans l'espace public parisien», *Cahiers de géographie du Québec*, vol. 54, n° 151, p. 9-24.

COULMONT, Baptiste, 2007, *Sex-shops. Une histoire française*, Paris, Dilecta.

DESCOUTURES, Virginie, DIGOIX, Marie, FASSIN, Éric et RAULT, Wilfried, 2008, *Mariages et homosexualités dans le monde. L'arrangement des normes familiales*, Paris, Autrement, coll. «Mutations/Sexe en tous genres».

DI FOLCO, Philippe, dir., 2005,

Dictionnaire de la pornographie, Paris, PUF.

Di MEO, Guy, 2011, *Les Murs invisibles.Femmes, genre et géographie sociale*, Paris, Armand Colin.

DORLIN, Elsa, 2008, *Sexe, genre et sexualités*, Paris, PUF, coll. «Philosophies».

DUPIERREUX, Anne, 2009, *Quand le viol devient arme de guerre*.

ÉRIBON, Didier, dir., 2003, *Dictionnaire des cultures gays et lesbiennes, Paris, Larousse*.

FABRE, Claude et FASSIN, Éric, 2003, *Liberté, égalité, sexualités. Actualité politique des questions sexuelles*, Paris, Belfond.

FASSIN Éric, 2005, *L'Inversion de la question homosexuelle*, Paris, Éditions Amsterdam.

Fondation Scelles, CHARPENEL, Yves, dir., 2012, *Rapport mondial sur l'exploitation sexuelle. La prostitution au cœur du crime organisé*, Paris, Economica.

GAGNON, John, 2004, *An Interpretation of Desire. Essays in the Study of Sexuality*, Chicago, Chicago University Press.

GIDDENS, Anthony, 2006, *La Transformation de l'intimité. Sexualité, amour et érotisme dans les sociétés modernes,* Hachette, coll. «Pluriel Sociologie » [1992].（アンソニー・ギデンズ『親密性の変容——近代社会におけるセクシュアリティ、愛情、エロティシズム）、松尾精文・松川昭子訳、而立書房）

HUBBARD, Phil, 2012, «World Cities of Sex», in B. DERUDDER, P. J. TAYLOR et F. WITLOW, dir., *International Handbook of Globalization and World Cities*, Cheltenham, Edward Elgar, p. 295-305.

JASPARD, Maryse, 2005, *Sociologie des comportements sexuels*, Paris, La Découverte, coll. «Repères».

JAURAND, Emmanuel et LEROY, Stéphane, 2011, «Tourisme sexuel: "clone maudit du tourisme" ou pléonasme? Sur la sexualité dans le tourisme en général et dans le tourisme gay en particulier», *Mondes du tourisme,* nº 3, p. 53-65.

JAURAND, Emmanuel et LEROY, Stéphane, 2011, «Pacs des villes et pas des champs», in D. PUMAIN et M.-F. MATTÉI, coord., *Données urbaines 6*, Paris, Anthropos-Economica, p. 123-132.

KATZ, Jonathan Ned, 1995, *The Invention of Heterosexuality*, New York, Plume-Penguin.

KAUFMANN, Jean-Claude, 2010, *Sociologie du couple*, Paris, PUF, coll. «Que sais-je?».

KINSEY, Alfred C., POMEROY, Wardell B. et MARTIN, Clyde E., 1948, *Le Comportement sexuel de l'homme*, Paris, Éditions du Pavois.

KOSOFSKY SEDGWICK, Ève, 2008, *Épistémologie du placard*, Paris, Éditions Amsterdam [1991].（イヴ・コゾフスキー・セジウィック『クローゼットの認識論——セクシュアリティの20世紀』、外岡尚美訳、青土社）

LEROY, Stéphane, 2009, «La possibilité d'une ville. Comprendre les spatialités homosexuelles en milieu urbain», *Espaces et Sociétés*, nº 139, p. 159-174.

LOUARGANT, Sophie, 2002, «De la géographie féministe à la "Gender Geography": une lecture francophone d'un concept anglophone» *Espace, Populations, Sociétés*, vol. 20, nº 3, p. 397-410.

McDOWELL, Linda, 1999, *Gender Identity and Place: Understanding Feminist Geographies*, Minneapolis,

University of Minnesota Press.

MATHIEU, Lilian, 2007, *La Condition prostituée*, Paris, Textuel, coll. «La discorde».

Observatoire national de la délinquance, 2007, «Les premiers résultats de l'enquête de victimisation 2007».

OMS, 2005, «Étude multipays de l'OMS sur la santé des femmes et la violence domestique à l'égard des femmes».

POULIN, Richard, 2011, *La Mondialisation des industries du sexe*, Paris, Imago.

RAIBAUD, Yves, 2005, «Le genre et le sexe comme objet géographique», *Géographie et Cultures*, n° 54, p. 53-70.

REVENIN, Régis, dir., 2007, *Hommes et masculinités de 1789 à nos jours*, Paris, Autrement, coll. «Mémoires/Histoire».

ROUX, Sébastien, 2011, *No Money, No Honey. Economies intimes du tourisme sexuel en Thaïlande*, Paris, La Découverte, coll. «Textes à l'appui».

RUBIN, Gayle, 2010, *Surveiller et jouir. Anthropologie politique du sexe*, Paris, EPEL.

RYAN, Chris et HALL, C. Michael, 2001, *Sex Tourism. Marginal People and Liminalities*, Londres, Routledge.

TABET, Paola, 2005, *La Grande Arnaque. Sexualité des femmes et échange économico-sexuel*, Paris, L'Harmattan.

TAMPEP International Foundation, 2009, «Sex Work in Europe. A Mapping of the Prostitution Scene in 25 European Countries».

Terre des hommes, 2004, «Kids as Commodities? Child Trafficking and what to Do about It».

TIN, Louis-Georges, 2003, dir., *Dictionnaire de l'homophobie*, Paris, PUF.

TIN, Louis-Georges, 2008, *L'invention de la culture hétérosexuelle*, Paris, Autrement, coll. «Mutations/Sexe en tous genres».

TOURNYOL DU CLOS, Lorraine et LE JEANNIC, Thomas, 2008, «Les violences faites aux femmes», *Insee première*, n° 1180.

TRACHMAN, Mathieu, 2013, *Le Travail pornographique. Enquête sur la production de fantasmes*, Paris, La Découverte, coll. «Genre & sexualité».

Traffic, 2012, MILLIKEN Tom et SHAW Jo, «The South Africa-Viet Nam Rhino Horn Trade Nexus».

UNFPA, «État de la population mondiale 2012. Oui au choix, non au hasard. Planification familiale, droits de la personne et développement».

Unicef, 2005, *Early Marriage. A Harmful Traditional Practice*.

Unifem, 2003, *Not a Minute More. Ending Violence against Women*.

UNODC, 2009, «Global Report on Trafficking in Persons».

WELZER-LANG, Daniel, 2000, dir., *Nouvelles approches des hommes et du masculin*, Toulouse, Presses universitaires du Mirail.

WELZER-LANG, Daniel, 2005, *La Planète échangiste*, Paris,

索引

◆著者◆

ナディーヌ・カッタン（Nadine Cattan）

　フランス国立科学研究センター（CNRS）の地理学研究指導教授で、「都市地理学」共同研究ユニット（UMR）のメンバー。主要都市空間のインタラクティブ機能の分析研究にたずさわる。この研究の目的は、移動や交流が社会と空間との関係をどのように変えるかを知ることにある。ジェンダーはつねに研究対象である。著書に、『Cities and Networks in Europe. A Critical Approach of Polycentrism（ヨーロッパの都市とネットワーク──多極構造の批判的研究）』（ジョン・リビー・ユーロテキスト出版社、2007年）がある。

ステファヌ・ルロワ（Stéphane Leroy）

　アンジェ大学地理学教授で、「空間と社会」共同研究ユニット（UMR ESO）のメンバー。ホモセクシュアリティの地理学を専門とし、国内外の雑誌に多くの記事を書いている。とくに都市空間や観光地でのゲイの行動が中心テーマである。2012年に、「D'une ville l'autre. Approche géographique des homosexualité masculines（都市の他者──男性同性愛者の地理学的研究）」と題する論文で、パリ第1パンテオン・ソルボンヌ大学教授資格審査を受けた。

◆地図製作◆

セシル・マラン（Cécile Marin）

　地理学者、カルトグラファー。オトルマン社で数多くの地図製作を担当。「ル・モンド・ディプロマティーク」紙にも協力している。

◆訳者◆

太田佐絵子（おおた・さえこ）

　早稲田大学第一文学部フランス文学科卒。おもな訳書に、『地図で見るラテンアメリカハンドブック』、『地図で見るバルカン半島ハンドブック』、『地図で見るロシアハンドブック』、『地図で見る中国ハンドブック』、『地図で見るアラブ世界ハンドブック』、『ヒトラー「わが闘争」とは何か』（いずれも原書房）などがある。

謝辞

　資料収集や調査にご協力いただいたヴェロニク・ドッグ、アレクサンドル・ユエ、ブランダ・ル・ビゴ、ドゥニ・トロシェセックの諸氏に著者より感謝の意を表します。セシル・マランより、地図製作にご協力いただいたAFDECに感謝申し上げます。

ATLAS MONDIAL DES SEXUALITÉS: LIBERTÉS, PLAISIRS ET INTERDITS
Nadine CATTAN, Stéphane LEROY, Maps by Cécile MARIN
Copyright © Éditions Autrement, Paris, 2016
Japanese translation rights arranged with Éditions Autrement, Paris
through Tuttle-Mori Agency, Inc., Tokyo

地図とデータで見る
性の世界ハンドブック

●

2018年 9月 15日 第 1 刷

著者⋯⋯⋯ナディーヌ・カッタン
ステファヌ・ルロワ
訳者⋯⋯⋯太田佐絵子
装幀⋯⋯⋯川島進デザイン室
本文組版・印刷⋯⋯⋯株式会社ディグ
カバー印刷⋯⋯⋯株式会社明光社
製本⋯⋯⋯東京美術紙工協業組合

発行者⋯⋯⋯成瀬雅人
発行所⋯⋯⋯株式会社原書房
〒160-0022 東京都新宿区新宿 1-25-13
電話・代表 03(3354)0685
http://www.harashobo.co.jp
振替・00150-6-151594
ISBN978-4-562-05595-1